乙女ゲームの悪役なんて
どこかで聞いた話ですが 4

柏てん

Ten Kashiwa

Regina

RB

レジーナ文庫

登場人物紹介
シリウス
魔導省の長官。
その正体は、天界から
人間界にやってきた
エルフ。
アラン
メリス侯爵家の
現当主。
リシェールの
実の叔父。
カノープス
メイユーズ王国の
近衛隊長。
仕事熱心で真面目な
エルフ。
ラーフラ
気まぐれな
木の精霊。
リシェール
乙女ゲーム世界にヒロインの
ライバルとして転生した少女。
だけどひょんなことから
悪役ルートの回避に成功して……？
ヴィサーク
リシェールの契約精霊。

シャナン
メイユーズ王国の王子。魔法によってリシェールに関する記憶を失っていたが……？
ベサミ
シャナン王子の世話役。人と精霊のハーフ。
レヴィ
シャナン王子の学友。変わり者で食えない性格。
ミハイル
騎士団員。戦術の天才。俺様気質で、周囲の人間をよく振り回す。
ゲイル
騎士団員。ミハイルの側近。強面《こわもて》だが、おおらかで優しい性格。

目次

乙女ゲームの悪役なんてどこかで聞いた話ですが 4

1周目　侯爵家再建

思えば遠くへ来たもんだ。

私はのんびりと温泉に浸かりながら、そんなことを考えた。

日本で普通のＯＬをしていた私が交通事故で前世の生を終え、転生してから早九年。

いかにも剣と魔法のファンタジー世界といったここメイユーズ国の辺境で、温泉に入り極楽気分を味わえるとは、思ってもみなかった。

この世界での私の名はリシェール・メリス。

乙女ゲーム『恋するパレット～空に描く魔導《まどう》の王国～』、略して『恋パレ』に登場する悪役令嬢だ。

悪役令嬢とは、ゲームのヒロインに嫉妬《しっと》して悪口を言ったり嫌がらせをしたりする、いわゆるライバル役。そして、ヒロインやゲームの攻略対象であるイケメン達の返り討《う》ちに遭《あ》ったりする、咬《か》ませ犬のことをいう。

つまり私は、咬《か》ませ犬のリシェール。

いやいや、そんな風に呼ばれたことは一度もないんですけどね。

それはともかく令嬢というキャラ設定の割に、私は一度もそれらしい生活をしたことがない。

私が生まれ育ったのは、メイユーズ国の中でも身分的に最下層の人々が暮らす、下民《げみん》街《がい》だ。

娼婦《しょうふ》をしていた母と、そこで暮らしていた。異常に強い魔力を持って生まれた私は、半死半生《はんしはんしょう》の日々を送っていたのだ。体内で暴れまわる魔力のおかげで、何度死にかけたことだろう。

そして五歳のときに母が流行《はや》り病《やまい》で亡くなり、そのショックで私は魔力を暴走させてしまった。

ゲームのストーリーでは、それが原因で下民街《げみんがい》が半壊するという、すさまじい事態に発展したのである。でも私は魔力が暴走する直前に前世のことを思い出し、魔力を制御できたので、事なきを得た。

また、すぐに騒動を察知して魔導省長官のシリウス・イーグが駆《か》けつけてくれたのも、被害を出さずに済んだ理由の一つ。彼は白銀の髪を持つエルフで、そのあとも何かと私のことを気にかけてくれている。

ちなみに魔導省というのは、国内の魔導に関する調査や規制を一手に引き受ける部署だ。

さて、莫大な魔力を持つと明らかになった私は、父方であるメリス侯爵家に引き取られた。

今、メイユーズには公爵がいないので、侯爵が貴族の中でも最高位だ。

そんな由緒《ゆいしょ》正しき名門の家が、下民街《げみんがい》生まれの私を快《こころよ》く迎え入れてくれるはずもない。

私に対して、侯爵は完全なる無関心。そして義母は徹底的に私を無視した。異母兄達も使用人も、最低限しか私に近づこうとしない。

そんな孤独な私を救ってくれたのは、偶然窓から私の部屋に忍《しの》びこんできた、シャナン・ディゴール・メイユーズ殿下だ。メイユーズ国の王太子であり、麗《うるわ》しの美貌《びぼう》を持つ王子様。もちろん、ゲームの攻略対象の一人である。

当時の私は、自分がゲームシナリオ通りの悪役になることを避けたかった。だから最初は関わり合いになるべきじゃないと思っていたのだけど、毎日訪ねてきてくれる彼に、私はいつしか心を開いていた。

それなのに、運命は残酷《ざんこく》だ。

そんな小さな幸せすら、たやすくかき消してしまう。

ある日、ベッドで自分の魔力に苦しんでいた私を、王子は危険な術を使って救ってくれた。

しかし騒ぎを起こした私は、義母によって国境近くの森に捨てられてしまったのだ。

そばにいたのは私の契約精霊であるヴィサーク――通称ヴィサ君、一匹だけ。

期せずして王都を離れた私は、悪役になる運命を回避できたかのように思えた。でも、命を懸けて私を助けてくれた王子に恩返しすべく、王都へ戻ることにした。

生まれたときからハードモードな人生だったので、非常に諦めの悪い性格に成長していたのだ。

結局、その森で攻略対象の騎士団員ミハイル・ノッドと出会い、彼の協力によって私は王都へと戻ることができた。

そして、ミハイルの片腕であるゲイル・ステイシーが、私を養子にしてくれたのである。

なので、今の私の名前はリル・ステイシーという。私としては、今の名前の方が断然気に入っている。

そのあと、王子のお役に立つべく勉強するために男装して騎士団に入団したり、国王への反乱騒ぎに巻きこまれたりと、本当に色々なことがあった。ありすぎだった。

でも、大変なことばかりだったわけじゃない。

ゲイルとミーシャという素敵な両親ができたし、友達もできた。

いつしか私は、この国とこの国に暮らす人々を、愛《いと》おしく思うようになっていた。

なので九歳になった私の将来の目標は、王子の側近となって彼の役に立つだけでなく、国のために働くことだ。

ただ肝心のシャナン王子は、四年前に私を助けてくれたときに記憶をなくしてしまい、私のことは忘れてるんだけどね。

それでも、彼が生きて元気に過ごしてくれるだけでいいと、私は思っている。

私の胸にある寂しさなど、結局は些細《ささい》な問題なのだ。

さて、そんな私ではあるが、最近は攻略対象で実の叔父《おじ》でもあるアラン・メリスにプロポーズされてしまった。

それについて相談しようと、ゲイルの出張先であるヘリテナ伯爵領の街トステオに来たのが半月前。今度は木の精霊と人間とのハーフであるマーサに取り憑《つ》かれて、ミハイルが正気を失っていた。そこで私は彼を助けるため、命を懸けることになったのである。

一時はもうダメかと思ったものの、なんとかミハイルを助け出すことができた。

……九歳にして、私の人生は常にハードモードである。

プリーズ平穏。プリーズ安らぎ。

そんなことを思いながら、私は今日もゲーム世界を生き抜いている。

さて、前置きが長くなったのだけどメイユーズ国最北部にあるトステオで、私は束の間の休暇を楽しんでいた。

なんと、トステオ近くの山で温泉が発見されたのだ。

この世界には温泉に浸かる文化がなく、煮立《にた》つお湯に恐れをなす人々を尻目に、私は毎日湯治《とうじ》に通った。

いや、別に体は健康そのものなのだ。それでもやっぱり、温泉は日本人の心。そこにあれば入りたくなるし、入っているととても幸せな気持ちになれる。それが冬ならば、なおのことだ。

そうしているうちに、日本で言うところの一月にあたる灰月《はいげつ》が終わり、白月《はくげつ》になった。いつの間にやら、半月も滞在してしまったが、さすがにゆっくりしすぎた気がする。

まだマーサに関わる事態の収拾に追われるゲイルとミハイルに別れを告げ、私は一足先に王都へ帰ることにした。アランとの婚約についてゲイルに直接相談するという目的は、達成している。

アランにこれ以上プロポーズの返事を待ってもらうわけにはいかないし、私がこちらにいてもゲイルとミハイルの足手まといになるだけだ。

　私は翌朝に出発することを決め、温泉から上がったのだった。


　翌日。白月《はくげつ》の朝はまだ凍《い》てつくように寒い。国の最北部に位置するトステオならば、なおのことだ。

　トステオの街には、街と荒野《こうや》を隔《へだ》てる外壁がある。壁の外にある街道から少し離れた荒野《こうや》に立っているのは、私とゲイルとミハイルだけ。ほかには人どころか動物の気配すらない。

　こんなところでお別れをするのは、私が契約精霊のヴィサ君ことヴィサークに乗って帰る予定だから。彼は普段、猫とも犬とも言える、シーサー似の小さな姿をしている。でも、私を乗せてくれるときは獅子《しし》のような本来の姿に戻るので、その姿で街の人々を驚かせないためだ。

「リル。お菓子を買っておいたから、あとで食べろよ。でも食べすぎはダメだぞ」

　ゲイルからお菓子だけが入っているとは思えない一抱《ひとかか》えもある荷物を渡され、私は苦笑した。

「ありがとう。王都で待ってるね」

「なあ、本当に帰るのか？　俺達が仕事をしてるからって、気を遣わなくていいんだぞ。リルはいくらでもここにいていいんだから」

ゲイルはそう言ってくれるけれど、私はそろそろミーシャの顔も見たい。

私が横に首を振ると、ゲイルは残念そうに肩を落とした。

「ほら、お前もなんか言えよ」

ゲイルが隣に立つミハイルを肘でつつく。

しかしミハイルは唇を尖《とが》らせて黙りこむばかりだ。

私がアランからのプロポーズを受けると宣言して以来、彼はどうにも機嫌がよろしくない。

婚約はあくまで一時的なもので、アランが落ち着いたら解消するつもりだと、何度も言っているのに。

「はー。ったく、お前はしょうがねえなあ」

ゲイルが大きなため息をつく。

今回の婚約問題に関しては、どちらかというと今まで私が何かをしでかすたびに騒いでいたゲイルの方が、冷静だった。

『まあ、リルのしたいようにしろ。嫌になったらいつでも婚約を解消すればいいんだから』

そう言って、すぐに許してくれたのだ。私はいつものようにゲイルの方が怒るんじゃないかと思っていたので、これには肩透《かたす》かしを食らった気分だった。

とりあえず最初の難関は越えたという気持ちで、私はほっと安堵《あんど》の息を漏《も》らしたのである。

「だがな、ゲイル……っ！」

ミハイルは何かを言いかけて、やはり口をつぐんだ。

『今回は俺もミハイルに賛成だぜ。今からでも考え直せよ、リル～』

空に浮かんでいた小さな姿のヴィサ君が、ぐりぐりと小さな頭をこすりつけてくる。

うむ。今日も安定の可愛さだ。

よしよしと、私は彼の頭を丁寧に撫《な》でた。

そうするとすぐに、ヴィサ君はゴロゴロと喉《のど》を鳴らす。

やっぱりヴィサ君は犬というより、猫科なのだった。

「これはリルの将来にも関わることだぞ？　合意の上で戦略的に婚約を解消したとしても、婚約を破棄《はき》されたと、世間には受け取られる。その前歴は貴族令嬢にとって致命的だ。二人ともそれがわかっているのか!?」

ミハイルは理解できないという顔で私達を見ている。

ここ半月の間、何度見たかわからない表情だ。

「しかしなぁ。リルに令嬢らしくしろなんて言ったところで、今さらだしなぁ」

ゲイルは諦めた風に言った。

私は今まで、男装して騎士団で小姓をしたり、王子の学友が集《つど》う学習室に通ってみたり、令嬢らしくないことを散々してきたのである。ミハイルの指摘はあまりにも今さらだ。

「それとこれとは、別だろうが！　大体、リルとアラン・メリスは実の兄弟なんだぞ？」

「だから、実は違ったんだってば。正しくは叔父《おじ》さん。アランの腹違いの兄上であるジークが私の父親だったんだよ」

私はジークのことを腹違いの兄だと思っていたのだが、真実はそうではなかった。

十年ほど前、侯爵家の嫡男《ちゃくなん》であった彼は、メリス侯爵家でランドリーメイドをしていた私の母マリアンヌと恋に落ちた。

しかし二人はメリス侯爵によって引き裂かれ、ジークは国外に留学。すでに私を身ごもっていた母は下民街《げみんがい》に隠れ住んだ。

実家に帰ることができればよかったのだろうが、母はこの国がある大陸の東部に位置する遠い島の出身だ。身重《みおも》の女性一人で帰るには負担が大きすぎる。

それに彼女は私に、自分の故郷について何も話さなかった。

きっと母は、故郷との縁がすでに切れていたのだろう。

母については わからないことも多いけれど、私には、母が優しい人だったという思い出だけで充分だ。

「だからって、その叔父《おじ》と婚約するなんて、どうかしてるだろう！　だいたい、もしたとえ今のメリス家と縁続きになっても、リルが苦労するだけだ」

ミハイルの苛立《いらだ》たしげな言葉が、母のことを思い出していた私を現実に引き戻した。

そして彼の高圧的な物言いに、なんとなくムッとする。

これまでミハイルは、こんな頭ごなしに私のすることを否定したりしなかったのに。

「大変な状態だからこそ、そばでアランを支えたいんだって、何度も言ってるでしょ!?　今のアランは家族を一度に喪《な》くして、一人でも多くの支えが必要な状態なんだよ？」

悲壮な表情で私にプロポーズをしたアランの姿が頭に浮かぶ。

アランの十三歳――成人を祝うパーティーの最中に、ジークは侯爵家で事件を起こした。

侯爵夫妻によって私達母娘と引き離されたジークは、侯爵家を恨《うら》み、その転覆《てんぷく》を狙っていた。

侯爵は悪い意味で非常に貴族らしい人物だった。厳しい税の取り立てをして領民の怒りを買っていたし、先年の国王への反乱騒ぎに一部噛《か》んでいたという容疑もある。

侯爵には正直まったく同情できないが、アランは違う。両親が死に、兄であるジークすらも遠くの領地に幽閉《ゆうへい》される途中で事故に遭《あ》い、死亡したということになっている。

本当は、ジークは王子の命令で名を捨て、諸国の貴族の領地運営を監査する旅に出たのだが。ともかく私は、そんなアランに同情よりももっと差し迫った感情を抱いていた。

私がやろうとしていることは、もしかしたら、傷の舐《な》め合いなのかもしれない。

それでも、私はアランのそばで彼を支えようと決めたのだ。

たとえ彼に、夫婦に必要な感情を何一つ抱いてなかったとしても――

腰に手を当てて声を荒らげた私に、ミハイルは気勢を削《そ》がれたようだった。

彼は何かを言いかけ、すぐに口をつぐんでしまう。

それは騎士団第三部隊の隊長を務め、常に即断即決の彼にしては珍しい態度だった。

ゲイルが場を取りなそうと私達の間に入る。

「まあまあ。とにかく、道中気をつけるんだぞ？　精霊に乗って帰るんだから、特に危険はないと思うが」

そう言ったゲイルもミハイルも、すぐに見えなくなった。

私の目の前に、白くてふさっとした巨大なものが出現したからだ。

「わかってるじゃないか、人間」

それは巨大化し、誰にでも見えるようになったヴィサ君だった。小さな姿のヴィサ君は、風属性の魔力が強い人でないと見えないのだ。

これこそが、彼の本当の姿。

西の猛《たけ》き獅子《しし》、風の精霊王ヴィサークなのだった。

「ちょっとヴィサ君。急に巨大化したら危ないでしょ」

「だって、いつまでも出発しないいんだもんよー。こんなことしてたら日が暮れるぜ」

ヴィサ君は風の精霊の特徴通りせっかちだ。

「王都への到着が遅くなっても困る。リル、ミーシャによろしくな」

ヴィサ君の体を迂回《うかい》して姿を見せたゲイルが、私を抱き上げてヴィサ君に乗せてくれる。

ミハイルのつむじが見える。彼は不機嫌そうに俯《うつむ》いていた。

「じゃあ、私行くね」

「ああ……」

ミハイルは何か言いたげだったけれど、やはり話をしようとはしなかった。

ただ眉をひそめて、まるで子供のように不安げな顔をする。

それは滅多《めった》に見ない表情だった。

一瞬、出発を遅らせてもう少しミハイルのそばにいようか――そんな迷いが生じた。

半月前に湖で見た、彼の悲しげな表情が脳裏によみがえる。

そのときの事件で自らのトラウマに向き合った彼は、まだダメージを回復しきれていないのかもしれない。

その湖は、かつてミハイルの婚約者が事故で亡くなった場所だ。

ミハイルを洗脳した、精霊と人のハーフであるマーサは、追いつめられた末にミハイルと共にその湖で死のうとした。

『森の民《たみ》』と呼ばれる木の精霊、それも長《おさ》であるラーフラの協力で事なきを得たが、それでもミハイルを失うかもしれないと思ったときの恐怖は、今も私の胸に焼きついている。

私にとってミハイルは、かけがえのない存在だった。

もちろんゲイルやミーシャ、それに王子も大切な人達だ。ただミハイルへの思いは、ほかの人へのものと何かが違っている。

尊敬よりも友愛に近い。同情というよりは共感に似ている。彼は兄であり、友人であり、頼りになる先生であり、そして――……

「おーーい！」

そのときだった。

遠くから、私達に近づいてくる物影がある。ガタゴトと重い音を響かせるそれは、馬車だ。

「スヴェン！」

やってきたのは、商人ギルドのトステオ支部長をしているスヴェンだった。

藁色《わらいろ》の髪と水色の目を持つ青年で、その鍛《きた》え抜かれた体は商人というよりは傭兵《ようへい》みたいだ。

マーサの事件では、彼にも大変お世話になった。スヴェンがいなければ、無事ミハイルを取り戻すことができたかどうか……

スヴェンは御者台《ぎょしゃだい》から飛び降りると、油断ならない笑みを見せた。

「遅くなってすまない。実はこれを渡したくてな」

「私に？」

スヴェンが大きな握《にぎ》り拳《こぶし》を差し出すので、反射的にこちらも手を差し出す。

コロンと手のひらに転がりこんできたのは、小さな濃紺の石のついた指輪だ。

「これ……」

それは、トステオを治めるヘリテナ伯爵の城を商談で訪ねた際、彼が商品の一つとして持ちこんだものだった。

石こそ小さいが、その濃紺の石は間違いなく、職人が魔力をこめた魔導石だ。

そそこの値段がするものだろう。

「こんな高価なもの、受け取れないよ」

「これはプレゼントじゃない。先行投資だ」

スヴェンは、闊達《かったつ》そうな笑顔でそう言い切った。

「先行投資？」

「ああ。お前、メリス侯爵家に嫁《とつ》ぐんだろ？」

「スヴェン、まだ決まったわけじゃ――」

反論しようとするミハイルの言葉を、スヴェンは見事に遮《さえぎ》る。

「結婚だろうが婚約だろうが、どちらでもいい。つまり、リルが社交界デビューするってことだ。そこで、お前には妙齢のお嬢さん方に、この指輪を宣伝してもらいたい」

「へ……？」

私とゲイルとミハイルは、おそらく似たような表情になっていたことだろう。呆気にとられたというか、なんというか。

「トステオ山脈で採《と》れる魔石は、これぐらいの大きさの屑石《くずいし》が多いんだ。だからいくら職人が魔導石にしても、市場で安く買いたたかれちまう。そ・こ・でだ。これから名門貴族に嫁《とつ》ぐお前に、ぜひ御用達《ごようたし》としてこの石を宣伝してもらいたい」

『えっへん』という文字が背後に見えそうなドヤ顔で、スヴェンは腕を組んだ。

「お前なあ……」

ゲイルがあきれたようにため息をつく。

私は手のひらの指輪をじっと見つめた。

宝飾品にはそれほど詳しくないが、元が屑石《くずいし》だなんてわからないほど、指輪についた魔導石は艶《つや》やかで綺麗だ。きっと職人の腕がいいのだろう。

「わかった。宣伝するよ。ありがとうスヴェン」

ヴィサ君の上から、私はスヴェンに手を伸ばした。

大きな手と握手を交わす。

「仕事で、俺も近々王都へ行くことになると思う。またな。リル」

私の耳元で、スヴェンは呟《つぶや》いた。

食えない男だったけれど、彼から学んだことは少なくない。

「うん、またね」

手を離すと、ヴィサ君が音もなく上昇する。

三人に向かって、私は手を振った。

「行くぞ、リル！　よく捕まってろよ！」

一度私を落とした前科を持つヴィサ君は、いつになく慎重だ。

「ミハイル、ゲイル！　先に王都で待ってるから！」

「ああ！」

「気をつけてな！」

ゲイルだけでなくミハイルも返事をしてくれたけど、彼はまだ不機嫌そうだった。

その顔に、ずきりと胸が痛む。

「……あっ」

言葉を続けようとしたら、三人の姿が消えた。

いいや、違う。姿を消したのは私の方だ。

ヴィサ君が、まさしく風のような速度で飛びはじめたからである。

冷たい風が頬を撫《な》でる。

私はただ白い毛皮にしがみついて、ミハイルの表情を何度も思い返していた。

＊❖＊

馬ではひと月以上かかる距離も、ヴィサ君に乗ればひとっ飛びだ。

早朝にトステオを出発した私達は、途中の昼休憩を挟んで夕刻には、もう王都周辺にまで来ていた。

ヴィサ君がずっと大型化しているので、契約者である私も魔力を消費していて、若干お疲れモードだ。

早く帰ってミーシャの顔が見たい。

そう思いながら空を飛んでいると、眼下に妙なものが見えた。

「あれ、なんだろ」

「ん？　なんだ？」

緑の草原の中で、日本で言うところの米であるネイの粒に似た白い物が、いくつかの黒い粒に囲まれている。

「ちょっと降りて、ヴィサ君」

「日が暮れる前に王都に入りたいんだろ？」

「すぐだから、ね？」

それは、ほんの気まぐれだった。

私はヴィサ君にお願いして、その黒と白の粒々のもとへ向かった。

ヴィサ君が高度を下げるほど、粒が大きくなっていく。

私はその場所に辿《たど》りつく前に、黒と白の粒々がどちらも、ふさふさの毛を持つ犬であることを知った。

この世界の犬は地球の犬とは少し異なっている。

基本的な姿は同じなのだが、こちらの世界では、犬も猫も額《ひたい》に一本ないし二本の角《つの》があるのだ。

この世界ではじめて彼らの姿を見たときには、とてつもなく驚いた。

可愛くないとは言わないが、相対すると少しだけ恐ろしい。それがこの世界での犬や猫だった。

「あれ……でもあの犬……」

どうやら、白い一匹の犬を黒い野犬達が取り囲んでいるらしい。

野犬達はじりじりと白い犬への包囲網を狭《せば》めている。

白い犬はパッチリとした黒い目で、怯《おび》えるでもなく黒い犬達を見つめていた。

ふさふさした毛足。ぴんと立てられた三角の耳。くるりんと丸まった愛らしいしっぽ――

「青《あお》……星《ほし》？」

私は目を疑った。

黒い犬達に取り囲まれている白い犬は、前世で私の愛犬だった日本スピッツの青星にそっくりだったから。

しかも、その額《ひたい》にはほかの犬のような角《つの》がない。

まさか青星なのだろうか。いや、そんなはずはない。そう思いながらも、私は今すぐに白い犬に駆《か》け寄って抱きしめたい衝動に駆《か》られた。

「ヴィサ君、吠《ほ》えて！」

「は？　あ、ああ……」

私の突然のお願いに面食らったようだが、ヴィサ君はすぐに迫力ある雄叫《おたけ》びを披露《ひろう》してくれる。

黒い野犬達はヴィサ君の存在に気がつき、文字通りしっぽを巻いて逃げていく。

しかし白い犬は、賢そうな眼差《まなざ》しで私達を見上げるだけだった。

私は着地したヴィサ君から慌てて飛び降り、その白い犬のもとへ走り寄る。

「青、星……？」

そんなはずはないと思いながら、どこか優雅《ゆうが》さすら漂《ただよ》わせるその犬に呼びかけてみる。

青星じゃないということは、わかっている。

青星はもっと落ち着きのない犬だった。私を見ればすぐに飛びかかってきて、お腹を撫《な》でてと甘えてきたのだ。

その犬はしばらくの間私を見上げていたが、ゆっくりと私の足元に近づいてころんと寝転び、お腹を出して服従のポーズを取った。

ええー!? いきなり!?

私は驚いたが、その誘惑には勝てず、白い毛の間から桃色の地肌を覗かせるお腹に手を伸ばした。

柔らかいお腹を優しく撫《な》でてやれば、その犬は気持ちよさそうに目を細める。

「なんだこいつ、リルにこび売りやがって！」

ヴィサ君はご機嫌ナナメだったけど、私はそのときすでに決意を固めていた。

「青星。一緒に帰ろう」

そう優しく呼びかけると、彼は心得たというように視線を私に向けたのだ。

「え、リル、そいつ飼う気なのか!?」

ヴィサ君が驚きの声を上げる。

「うん。ここに置いていったら、また野犬に絡《から》まれるかもしれないし。ミーシャにお願いすれば、犬一匹ぐらいは飼わせてくれると思う」

角《つの》のないこの犬を、この世界で犬と定義してもいいのかは謎だけどね。

「だってソイツ、白くてふさふさだぜ？　俺とかぶってるじゃん」

ヴィサ君のご機嫌は急降下だ。

そのとき、何かもさもさとした緑色のものが、私の髪の隙間《すきま》から空中へと浮かび上がる。

「我《われ》も反対である。キャラかぶりであるゆえ」

仰々《ぎょうぎょう》しい口調でそうのたまったのは、見覚えのあるしっぽの生えたまりもだった。

「ラーフラ⁉」

「お前、くっついてきてやがったのか！」

ヴィサ君も気づいていなかったのか、目を丸くしている。

私は驚きながら、ラーフラの出てきたあたりの髪を撫《な》でた。

ラーフラはトステオで私達を助けてくれた森の民《たみ》の長老だ。

本当は緑の体を持つ男の姿をしていて、このまりもみたいな姿は仮の姿——のはずである。もしかしたらこちらが本体の可能性もあるが。

それにしても、ここに来るまでまったく彼の存在に気づいていなかった。驚きである。

「どうしてここに？」

私が尋ねると、まりもは私の視線の高さまで下りてきた。

「人の子、脆弱《ぜいじゃく》であるにもかかわらず、我が眷属《けんぞく》のため命を投げ出さんとする。我《われ》、理解不能なり」

相変わらず、小難しいしゃべり方をするまりもである。

「故《ゆえ》に、そばで観察することにした」

エヘンと言わんばかりにえらぶっているが、何を勝手に決めてくれてるんだ、まりも。

とはいえ、死にかけたところを助けてくれた相手だから、無下《むげ》にもできない。

「観察するって言ったって、お前、北の『森の民《たみ》』の長《おさ》だろ？　森を出てきていいのかよ？」

ヴィサ君がもっともらしいことを尋ねると、まりもは空中で一回転した。

「引き継ぎは済ませてある。我《われ》に手抜かりはない」

「え、森の民《たみ》の長《おさ》をやめてきちゃったの!?」

それではなんだか、追い返しにくいじゃないか。

私がまりもにばかり注目するのが気に食わなかったのか、白い犬が私の太ももにちょこんと両足をかけて、立ち上がる。

ああ、可愛い。めちゃくちゃ可愛い。

思わず、私は白い犬を抱き上げた。

ふわふわの毛皮は極上の肌触りだ。

私がそれに頬擦りしていると、ヴィサ君がつまらなそうにこちらを見てくる。

ラーフラは、なぜか白い犬に対抗するように私の頭の上に着地した。

「とにかく、今は王都に入ろう」

日暮れが迫っていたので、私は犬とラーフラを連れてヴィサ君に乗る。

ヴィサ君はぶすっとしたまま空中に浮かび上がった。

思いもよらず、一気に同居人が増えてしまったな。私はため息をつきつつ、口元が緩むのを抑えきれない。

青星と暮らしていた頃の前世の記憶が、私の中に溢《あふ》れ出す。

犬はとても賢そうな顔つきで、私をじっと見つめていた。

＊ ✣ ＊

メイユーズ国近衛《このえ》隊長カノープスが、魔導省長官であるシリウスの私室の扉を開けると、戦場のような光景が広がっていた。

慌ただしく駆《か》け回る人々。

そして幾人かの立ち尽くす人々。

カノープスはそんな人々の間を縫《ぬ》って、目的の人物――シリウスが横たわるベッドへ辿《たど》りついた。

人と精霊のハーフであるベサミが、深刻そうな表情を浮かべている。

多分自分もこんな顔をしていることだろうと、カノープスはどこか他人事《ひとごと》みたいに考えた。

「いつからだ？」

吸い寄せられるようにシリウスへ視線を落としながら、カノープスは尋ねた。

「昨夜から、だ。世話役が気づいたときには、すでにこの状態だったと」

ベサミの口調は、どこか歯切れが悪い。

カノープスは脈を測るために屈《かが》みこむ。

すでに様々な治療が施《ほどこ》されたあとなのだろう。白い腕には、いくつものペンタクルが描かれていた。

脈は平常。

つまり彼は、本当に眠っているだけなのだ。

ただありとあらゆる方法を試しても、目覚めないということだけれど。

カノープスは思案していた。

シリウスと同じエルフである彼も、このような状態には聞き覚えがない。

エルフは全能で強靭《きょうじん》、そして長寿な生き物だ。

外的な要因がなければ、このような状態に陥《おちい》りはしない。

考えこむカノープスに、ふと見覚えのない術式が目についた。

「これは……?」

治癒《ちゆ》を行《おこな》うペンタクルの間に、右肩から伸びる黒い文様。

不思議と見る者に嫌悪感を抱かせるそれは、すでに肘まで伸びていた。

「今、魔導省の人間が解読を急いでいるところだ。おそらくは、闇の魔導の類《たぐい》だろうと」

そう言って、ベサミが眉をひそめた。カノープスも同じ表情になる。

ベサミはふざけたことをしたりもするが、魔導の大家《たいか》。自分の意見を言い足さないところを見ると、おそらく彼の見解も同じなのだろう。

「困ったことになった……。メイユーズ国の建国以来、未《いま》だかつてない危機だ」

ベサミの言葉に、カノープスは黙って耳を傾ける。

「このことがもし周辺諸国にバレれば、力関係が一気に変化するぞ。最悪の場合、戦争になる……」

ベサミは考えたくないというように首を振った。

人間界唯一《ゆいいつ》のエルフとされるシリウスの存在は、周辺諸国にとって大きな抑止力になっていた。

彼のおかげで、メイユーズはある種の優位性を持って、大国として君臨していられたのだ。

もしシリウスが命を落とすようなことがあれば、ベサミの予想は的中するだろう。

「これからっていうときにっ」

ベサミが忌々《いまいま》しげに舌打ちをする。

それは病人のいる場所にふさわしくない態度だったが、誰もベサミを責めなかった。

いや、責めることなどできなかった。

病《やまい》に臥《ふ》せる国王のかわりに、年若い王太子が国の改革に乗り出そうとしていた矢先なのだ。その中でシリウスを失うなんてことになれば、改革どころではないかもしれない。

「箝口令《かんこうれい》は？」

「すでに敷いてある。このことを知っているのは、国王陛下と王太子殿下。それにここにいるシリウスの部下達と、私達のみ」

「円卓会議には？」

「いずれ知られるだろうが、できる限り時間を稼《かせ》ぐつもりだ。明日には、普通に目を覚ますかもしれない」

そう言いながらも、その可能性は低そうだとベサミの顔色は語っていた。

円卓会議とは、高位の貴族が構成するメイユーズ国の意思決定機関と、彼らが行う会議を指す。

国王が病気で臥《ふ》せっている今、彼らは国内で最大といってもいい権力を誇る。

――いや、誇っていた。

メリス侯爵家の一件以来、メイユーズ国は揺れている。

円卓会議の一端を担《にな》うメリス侯爵が、王家への反逆の疑いをかけられたまま亡くなったからだ。

若き王子は、このまま円卓会議の権勢を削《そ》ぎたいと考えている。

そのためには、常に王族支持の筆頭に立つ魔導省長官シリウスの存在が、必要不可欠なのだった。

そしてカノープスは、ベサミとはまた別の可能性を危惧《きぐ》している。

エルフの暮らす天界から、横槍《よこやり》が入らなければいいが――……

しかし自らがエルフであることを明かしていないカノープスは、その可能性を口にはしない。

目の前には、まるで蝋《ろう》でできた人形のように、身動《みじろ》ぎ一つしない美貌《びぼう》のエルフが横たわっていた。

＊
✣
＊

王都にあるステイシー邸に戻ったあと、私はすぐにゲイルの父親であるステイシー子爵に宛てて手紙を書いた。

婚約の許しを請《こ》う手紙だ。

ステイシー子爵は王都から離れた領地にいて、滅多《めった》に王都に出てこない。そのため、貴族社会の情勢やメリス侯爵家の現状なども詳しく書き添えているうちに、手紙はとても分厚くなった。

貴族の結婚は家同士でするもの。それは養子であっても変わりない。

私はステイシー子爵に対して、嘘偽《うそいつわ》りなく事情を説明しようと思ったのだ。

　そしてその手紙を出し終えると、私はやることがなくなってしまった。

　たくさんのごたごたのおかげで再開が延期になっていた王子の学習室も、白月《はくげつ》——二月のはじめに再開されたらしい。

　しかしその知らせが届いても、私は素直に登城することはできなかった。

　学友の中には、あの晩メリス侯爵家のパーティーに招かれていた者も大勢いる。

　ドレスを着て大勢の前に立った私を、王子の学習室に通っていた少年、ルイ・ステイシーだと認識した者もいたかもしれない。

　何より、私は女の姿で王子の前に立ってしまった。気持ちの問題的に、もう学習室には戻れない。

　戻れないとなれば寂しいものだ。最初は、あれほどつらかったというのに。

　そんな私の寂しさを、トステオから王都に戻る途中で連れてきた白い犬〝アオボシ〟は埋めてくれた。

　青星によく似た、〝アオボシ〟。

　家に帰ってから別の名前をつけようと思ったのだけれど、不思議なことに〝アオボシ〟という名前以外にはまったく反応しないのだ。

　困ってしまって、結局彼のことは〝アオボシ〟と呼ぶことにした。

〝青星〟ではなく〝アオボシ〟と少しイントネーションを変えて呼んでいるのは、私の中にまだ抵抗があるからだ。

あの日、元の世界に置き去りにしてしまった青星の身代わりにするようで、やるせなかった。

今まで、ずっと意図的に考えないようにしていたことだ。

私が死んだあと、あの世界で青星はどうしただろう？

父や母は、ちゃんと散歩に連れていってくれているだろうか？　忘れずちゃんとエサをあげているだろうか？　寝る前にはハミガキをしてあげて、汚れたらシャンプーで洗ってくれているだろうか？

私が生きていた頃、青星の世話は、すべて私の役目だった。

それを約束して、祖母の家から連れてきた犬だから。

青星は元々、祖母の家に預けられることの多かった私の友達として、祖母がもらってきてくれた犬なのだ。

両親と離れて落ちこむことが多かった私は、愛らしい青星にすぐに夢中になった。

彼のことなら、なんでもわかった。

青星だって、私のことはなんでも知っていた。

別に、帰らない私をハチ公のように待っていてほしいわけじゃない。ただ、彼があっちの世界で寂しい思いをしていなければいい。いっそ私なんて忘れて、幸せに暮らしていてほしい。

犬の寿命は、十年と少し。時の流れがこの世界とどう違うかはわからないが、もし同じだとすればきっと青星はもう死んでいる。

最後まで、あの子は幸せだっただろうか？

――ステイシー邸の自室で、私はこちらの世界のアオボシを呼ぶ。

「アオボシ」

するとアオボシは、とてとてと寄ってきた。

しっぽを振って、無垢《むく》な目で私を見上げる。

彼はあまりにも、青星に似すぎていた。姿かたちだけじゃなく、態度や好物、ほんの些細《ささい》な仕草まで。

だからかもしれない。最近しきりに、青星のことを思い出すのは。

そして私がアオボシを可愛がっていると、ヴィサ君はつまらなさそうな顔をする。まりもの表情は、よくわからない。彼はいつも口を開けば堅苦しいことばかり言っている。

奇妙な同居人が増えてしまったが、とりあえずステイシー家は平和だ。

季節は過ぎて光月《こうげつ》――三月になり、冬の寒さもほんの少しだけ和《やわ》らいできた、そんな頃。

ゲイルとミハイルが王都へ戻ってくるという先触れが届いた。

ゲイルが戻ってくると聞いて、体が弱く床《とこ》に臥《ふ》せていたミーシャも嬉しそうな顔を見せた。

時を同じくして、待ちに待っていた手紙の返事が届いた。

ステイシー子爵からの手紙だ。

ドキドキしながら開けてみると、一枚の紙に『許す』の一言。

反対されたらどう説得しようかと考えていた私は、拍子抜けしてしまった。

さすが変わり者と評判のステイシー子爵だ。

息子の養女が落ち目の侯爵と婚約しようが、まったくかまわないということなのだろうか。

寛大なのか無関心なのかわからないが、ひとまず私は、安堵《あんど》のため息をほっと漏《も》らした。

さっそく、このことをアランに伝えよう。

そう思い立ち、屋敷を出た。

ついてきたそうなアオボシに留守番を言いつけ、私はヴィサ君とラーフラ――これは勝手についてくる——を連れて、メリス侯爵家に向かう。

服装は、シンプルだが形の綺麗なドレス。

お得意のザ・単独行動は控え、御者付馬車《ぎょしゃ》での訪問だ。私ぐらいの年齢の令嬢が必ず連れているお目付け役の侍女はいないが、そこはご愛嬌《あいきょう》ということで。

貴族として婚約するからには、今後は婚約者の恥にならないよう、貴族らしい行動をしなければならない。

正直億劫《おっくう》ではあるが、自分で決めたことだ。

辿《たど》りついたメリス家の屋敷は、相変わらず贅《ぜい》を凝《こ》らした造りだが、どこかひっそりとしていた。

前回来たのはふた月ほど前だが、大勢が集《つど》っていたそのときとは、かなり印象が違う。

私の訪問を受けて出迎えてくれたのは、見覚えのある老齢の使用人だった。質のいいその服装から見て、おそらく彼がこの家の家令だろう。

彼の表情に、一瞬複雑な色が過《よぎ》ったけど、私は見て見ぬふりをした。

「ようこそおいでくださいました。リシェールお嬢様」

メリス侯爵家の家令が、うやうやしく頭を下げる。

屋敷中の人々からまるでいないもののように扱われた五歳の頃からは、考えられない態度だ。

『なんだよこいつ！　今さら……』

『ヴィサ君』

ヴィサ君が身を乗り出す。私は心の声で彼を制止した。

彼が怒ってくれるから、私は冷静でいられるのかもしれない。

「今は、リル・ステイシーと……」

私は家令に向かって、言葉少なに言った。

それ以外に、言葉がなかった。

今さら手のひらを返されたと騒ぐのは、大人げない。まぁ、今の私は子供だけどね。

だからと言って、何もなかったことにできるほど人間ができてもいない。

——王宮に次《つ》ぐ荘厳な建物。

この建物を一人で訪れたのははじめてだ。

だからなのだろうか。もう吹っ切れたと思っていたのに、こんなにも心が揺れるのは。

これからこの家の当主と婚約しようというのに、こんな弱気でどうする。

私は気持ちを立て直すために、首を軽く振った。

「かしこまりました。主人がお待ちです」

家令の先導に従い、私は広い侯爵家に入っていく。

かすかに残るにぎやかな記憶とは違い、ひっそりと静まり返る大豪邸では、メイドの一人ともすれ違わなかった。

その理由を思うと、私は何とも言えない気持ちになった。

「こちらに」

招き入れられたのは、主人が客人と会うための場所だろう。立派な応接間だった。

広い空間に、年季の入った品のいい調度品の数々。歴代の侯爵達が、この空間で幾多《いくた》の客を迎えたに違いない。

しかし今、その部屋の主は成人を迎えたばかりの少年だった。

青年というにはまだ華奢《きゃしゃ》で、その顔色もどこか優《すぐ》れない。

「ようこそ、リル。よく来てくれた」

アラン・リア・メリスは、喪《も》に服していることを示す黒ずくめの衣装で私を出迎えた。

トステオから王都に戻って以来、彼に会うのははじめてだ。およそふた月ぶりになる。

アランはなんだか急に大人びた様子で、心なしか痩《や》せたようでもあった。

もっと早く彼を訪ねるべきだったと、私は少し後悔した。

「ご面会いただき、ありがとうございます」

とりあえず、私はスカートを摘《つ》まんで、上位貴族に対する淑女《しゅくじょ》の礼を取る。

アランはちょっと面食らったようだった。

しかしすぐにはっとして返礼し、ソファにエスコートしてくれる。

つい半年前までは彼といがみ合っていたというのに、なんだかおかしかった。

お茶とお菓子をサーブしてくれた年かさのメイドが去ったのを確認して、向かいのソファに座ったアランは口を開く。

「それで、今日はどういう用件で?」

尋ねながらも、私の来訪の目的を察しているのだろう。アランの目は不安げに揺れていた。

「いただいた求婚のお返事に」

多分、にっこりと笑えたと思う。

しかしそれが逆に不安をあおったのか、アランの表情は余計に優《すぐ》れないものになった。

「リル。疑わしいだろうが、私はお前に本気で……」

「わかってる。だから、私も本気で返事をしに来た」

そのためのドレス、そのための馬車だ。

私だっていい加減なことはしない。アランの求婚について本気で考えた結果なのだ。

これ以上もったいぶるのはかわいそうなので、私は意を決して己の決断をアランに伝えた。

「プロポーズ、お受けします」

できるだけ優雅《ゆうが》に見えるように、それでいて軽やかに会釈《えしゃく》をする。

しかしそれに対するアランの表情は、さながら豆鉄砲を喰《く》らった鳩《はと》だった。

ヴィサ君はハアと憂鬱《ゆううつ》そうなため息をつき、ラーフラは特に何を言うでもなく、ふわふわと空中を漂《ただよ》っている。

「受け……る?」

「はい。私はあなたの婚約者になります。アラン」

もう一度言うと、ようやく私の言葉が脳に届いたのか、アランは開きっぱなしになっていた口を閉じた。

いや、そこまで驚かれると、「冗談で求婚したんかい」とツッコみたくなる。

「リル——それじゃあ……」

「でも、結婚はしないよ」

何か言おうとしていたアランに先んじて、私は牽制《けんせい》した。

ふふふ、一塁走者もびっくりの剛速球《ごうそっきゅう》だ。

「は!?」

「だって、ステイシー家とよしみを結ぶんだったら、婚約だけで充分でしょう？　五年も婚約すれば、状況だって変わるよ」

「それはそうかもしれないが、私は本気でっ！」

「だから、私も本気だってば。本気で、私達は婚約に留《とど》めるべきだと思ってる。アラン、私はあなたに幸せになってほしい。いつか、本当に守りたいと思える人を見つけて、家のためじゃなくて自分のために幸せになってほしいんだよ」

「馬鹿な！　私だって本気でお前を幸せにしたいと思っている！　だから求婚したんだ、家のためだけなんかじゃない！」

思わずといったように立ち上がったアランを、静かに見つめた。

「……でもそれは、妹としての私をでしょう？　そして、姪《めい》としての私をでしょう？」

問いかければ、アランはぐっと黙りこんだ。

「アランのために、私は協力を惜しまないつもりだよ。それが、ジーク……父にかわって、私が負うべき責任だと思ってる。この侯爵家に、アランを独り置きざりになんてしない。私も一緒に、がんばるから」

私はそう言って、そっとアランの手を握《にぎ》った。

まだ幼さが残る白い手にはペンダコと剣ダコがたくさんあって、彼の努力が偲《しの》ばれる。
私はその手の甲に、騎士のようにキスを落とした。
あなたと一緒に私も戦うことを、ここに誓う。
「な……にを」
アランの呆然とした声が降ってきたので、顔を上げた。
急に血色がよくなるアランの顔。
次の瞬間、乱暴に手を振り払われる。わあ。
「恥ずかしいことをするな！」
そして怒られてしまった。ひどい。理不尽だ。
しかし頬を赤く染めたアランが可愛いから、許してやろう。
『リル……』
私の行動によく怒るヴィサ君だけど、今回はどちらかというとあきれているようだ。
『人とは難儀。不可解なり』
まりもはアランに見えないのをいいことに、彼の周りをふわふわと漂《ただよ》っていた。
少し怒らせてしまったものの、アランは私の意志を信じてくれたらしい。
そのあとは気を取り直して、私達は様々なことを話し合った。

主に婚約に関する細かな取り決めだ。

私は、ちゃんとステイシー子爵に許可を得てあることや、それを待っていたから返事をするのが遅くなってしまったことを伝える。

けれど何を言ってもアランは生返事《なまへんじ》で、先ほどとは打って変わって大人しかった。

どうやら、先制攻撃が効きすぎてしまったようである。

会話の狭間《はざま》、ふとお互いに黙りこんだ。

そのとき本当に何気なく、アランが呟《つぶや》く。

「――それで、お前はもう学習室には戻らないのか?」

今まで聞きたくても聞けずにいたのだろう。彼の顔には気まずそうな色が浮かんでいた。

「というか、戻れないでしょう。王子に見られてしまったもの」

ボロボロに打ちのめされたドレス姿の私を。

一体どう思っただろうか?

性別を偽《いつわ》って学習室に紛《まぎ》れこんでいた私。

一緒に唐揚《からあ》げを作って、ちょっと仲良くなれた気がした。王子が私を忘れてからはじめて、彼の本当の顔を見られたとも思っていたのだ。

やっと積み上げたほんの少しだけの信頼を、私はまた自分で崩してしまった。

いつか王子の役に立って、できるならもう一度、本当の笑顔を見せてほしい。

でもそれは、遠く果てしないことに思える。

「殿下は、何もおっしゃらなかった。お前がルイだと、もしかしたら気づいていないのかも――」

私の顔色をうかがうようにアランは言うが、その希望に縋《すが》りつく気にはなれなかった。

「いいの。それに、これからはアランの婚約者として社交界に顔出しするんだから、学友ごっこはもう終わりにしなきゃね」

寂しいが、それは仕方のないことだった。

私だって、いつまでも自分の性別を偽《いつわ》ってはいられない。

体も徐々に大きくなり、胸も少し膨《ふく》らみだしている。

ちょうど潮時《しおどき》だったのだ。

「……すまないな。我《わ》が家のために」

気まずそうに、アランが言った。

この期《ご》に及んで、そんなつまらないことを気にしていたのか。

「何言ってるの。私の家でもあるんだからさ」

メリス家のことは本当は大っ嫌い。でも、そこに一人残されたアランをいい気味だとは思わない。

むしろ、メリス家が蔑《ないがし》ろにし続けた私の力で再興なんぞしたら、それこそ、いい意《い》趣返《しゅがえ》しになるはずだ。

没落しかけたメリス侯爵家を再興させるべく、私は決意を新たにした。

やってやろうじゃないの。

メリス家を、もう一度最高位の貴族として返り咲かせてみせる。

——しかし、どうもことはそううまく運ばないものらしい。

改めて説明されたメリス家の現状は、まったくひどい有様《ありさま》だった。

使用人のほとんどがやめ、残っているのは先祖代々仕《つか》えてきてくれた老齢の者ばかり。

さらに悪いことに、昨年の領地からの税収が、綺麗さっぱり消えていた。前当主が何に使ったかすらもわからない。ハッキリ言って、財政は火の車だ。

アランに頼みこんで入れてもらった書斎《しょさい》には、大量の未決裁の書類が山になっていた。

領地からの陳情書《ちんじょうしょ》。義母がした贅沢《ぜいたく》に関する請求書。ジークが起《こ》こした事件で侯爵家に責任を求める抗議の書類。親類達から届いた縁切りを請う手紙の束。その他、諸々《もろもろ》。

まさに、メリス家に残された課題を可視化したような光景に、頭が痛くなった。

ああ、覚えがあるぞ、この感覚。

かつて、騎士団の主計室でも、私はこんな途方《とほう》もない疲労感を覚えたものだ。

「なんというか、ひどいね、これ……」

私がつい本音を漏《も》らすと、アランは顔を強張《こわば》らせた。

それはそうだろう。このひどい状況の侯爵家を、彼はこれから背負っていかねばならないのだから。

それも、たった一人で。

いいや、アランを一人にするつもりはないけどね。

「この請求書、ちゃんと支払いできるかな？　立て直すにしても、元手がなくちゃ……」

手近なものに目を通しつつ、私はアランに聞いてみた。

「わかっている。しかしこの家も私だけになって、支出自体は減るはずだ。お前に迷惑はかけない」

「そういうことじゃないよ。っていうか、協力するから、侯爵家の財政状況をまっとうな状態に戻そう。支出を削《けず》るだけじゃ追いつかないよ。去年の税収がなくなっているのに、過去三年間過剰《かじょう》に搾取《さくしゅ》した分の税収と同額の支払いを、賠償金《ばいしょうきん》として求められてるんでしょ？　ただでさえ領地が半分に減っちゃったんだから、まずはほかに収入を増やさなきゃ」

そうなのだ。

私が北の大地で色々やっている間に、メリス家には国から莫大な額の賠償金《ばいしょうきん》の請求が届いていた。

財産没収の上に賠償金《ばいしょうきん》請求なんて、えげつない。

どうやら王子様は、これを機にメリス家の経済力をがっつり削《けず》るおつもりのようだ。

一国民としてメリス家に関係ない立場だったら、王子のことを頼りがいがあると思えただろうが、当事者になってみるとつらいものがある。

もう、家が取り潰しにならなかっただけよかった、と考えるべきなのか。

その額およそ、十万トルク。

一トルクあれば、物価の安い平民街の食堂でお腹いっぱい食べられるこの世界で、その価値は推《お》して知るべき。

支払いはなんとか年末まで待ってもらえるそうだが、つまり現在借金中ということだ。

今がまだ光月《こうげつ》——三月だからと言ってうかうかしてはいられない。というか、それらを告げられてから、もうふた月も過ぎてるし！

アランは努力家でメリス家の中ではまともな方だけど、それでもこういった金銭感覚があるとは思えなかった。というか今も、私の焦り具合にポッカーンとしている。

これでは、放っておいたらメリス家の没落は待ったなしだ。

「とにかく、急いでお金を稼《かせ》がなきゃ!!」

私は、呆けた顔になっているアランの両肩を掴み、激しく揺さぶった。

ヴィサ君も目を丸くしている。

ラーフラはどうでもよさそうだが。

この場で一番焦っているのは、やっぱり私だけらしい。

メリス家にいた頃は出入りの許されなかった書斎《しょさい》で、私は頭を抱《かか》えた。

目の端に、微細な彫刻が施《ほどこ》された調度品が映る。

「こうなったら……アラン!!」

「は、はい!」

いい返事をしてから、アランはしまったという顔をした。

どうやら私の勢いに押されているらしい。

「プライドを捨てる覚悟はある？」

アランは、質問の意味がよくわからないという顔をした。

「落ちぶれたと嘲《あざ》けられても、さもしいと笑われても、投げ捨てられた金貨を惨《みじ》めに拾う覚悟はある?」
押し殺した私の声に、アランは目を見開く。
私の質問は、アランにとっては屈辱的《くつじょくてき》なものだろう。
わざわざそんな言い回しを選んだのは、アランの覚悟が知りたかったからだ。
これで無理だと言われたら、私にできることはない。婚約は解消しようと思った。
しかし彼は、私の言葉に怒らなかった。
ただ静かに、その言葉を噛《か》み締めていた。
「……そうしなければならないほど、我《わ》が家が危《あや》うい状況にあると?」
アランは落ち着いている。
気まずい空気の中で、私はコクリとうなずいた。
彼は十三歳にして、親が作った負債を背負わされている。一人きりで取り残されて。
ここふた月ほどで彼がいやに大人びた理由が、わかった気がした。
彼は、そうならざるをえなかったのだ。
「愚問《ぐもん》だ」
アランは、うっすらと笑った。
「家なくして、矜持《きょうじ》ほど無用なものがあるか」

静かに私を見下ろす、優しい榛色《はしばみいろ》の瞳。

「それに何より、ここはお前の家でもあるのだから」

アランが、少し頬を染めながら言う。

正直、このときほど、アランをかっこいいと思った瞬間はなかった。

頬がこけ、多額の賠償金《ばいしょうきん》を背負い、目の下に隈《くま》を浮かべていたとしても。

今までに見たどんな彼より、好ましいと思った。

「ありがとう。アラン。それじゃあ――」

私は彼に、今は思いつきに過ぎないメリス家再建の秘策を伝えたのだった。

2周目　手回しと下調べと開業準備

アランとの相談のあとすぐに私が訪れたのは、下民街《げみんがい》にほど近い、平民街のとある地区だ。

雑然としていて、少し埃《ほこり》っぽい。

綺麗に掃き清められている貴族街とは違うが、がやがやとにぎわいがある。そんなところが居心地がよくて、ここに来るのは嫌いではない。

しかし今は、少し気が重かった。

私は正直、これから会う人物を頼ることは極力避けたいのだ。

でもほかにこのお願いごとができる人がいないのだから、仕方ない。

私は体に『隠身《おんしん》』のペンタクルを刻み、自分の姿が人に見えない状態にして裏路地を歩いていた。標準装備で小さな姿のヴィサ君も一緒だ。

姿を隠しているのは、このあたりの治安がよくないせいだ。ヴィサ君と一緒にいれば撃退は容易だとはいえ、面倒事はできるだけ避けたい。

今いるのは、ぎりぎり平民街という区域。ここから少し歩けば、そこはもう下民街《げみんがい》になってしまう。

しばらく歩いて見えてきたのは、煉瓦《れんが》造りの巨大な建物だ。

造りは古いが、掃除が行き届いているのがわかる。煉瓦《れんが》の色がところどころ違うのは、欠けたところをその都度《つど》修理しているからだろう。

建物の周囲には、幾人かの子供が立っていた。

遊んでいるのではない。怪しい人物がやってこないか、見張っているのだ。

私は子供達のたむろする入口を抜け、建物の中に入った。

そしてすぐに知った顔を見つけて、腕に描いたペンタクルをこすって消す。

「っ、ルイさん！」

周囲にいた子供達は、突如現れた私に驚きの声を上げる。

彼らは皆、十歳を過ぎたくらいの少年達だ。

「急なお越しですね。王にご用ですか？」

誰よりも早く私に駆《か》け寄ってきたのは、一番年長の少年だった。

彼の言葉遣いが丁寧なのは、私がここの王と対等な存在だからだ。

「……アレ、いる？」

自ら訪ねてきているのに露骨《ろこつ》に嫌な顔をした私に、彼は苦笑した。

私が、彼らの尊敬する王と呼ばれる男を嫌っているのは、周知の事実だ。

しかしそんな私の態度を、少年達は咎《とが》めようとはしなかった。

『またはじまった』とでも言いたげに、全員が苦笑いを浮かべている。

少年のうちの一人に促《うなが》され、私は建物の奥へと歩き出した。

途中、広い部屋の前を通りかかると、たくさんの女の子達がちまちまと糸を編んでいる姿が見える。

その全員が清潔な服を着ているのを確かめて、私は頬を緩めた。

ここは、事情があって私が経営に携《たずさ》わっている工房だ。

彼女達が作っているのは、前世の私が趣味で作っていた、オヤと呼ばれるトルコ独特の繊細なレース飾り。

そのレースを大量生産するために、この工房を作ったのだ。

工房を作ったのにはもう一つ理由がある。下民街《げみんがい》で暮らしていた孤児達に、真っ当な仕事をしてもらいたかったからである。

といっても、私がしたのはほんの些細《ささい》なことだ。

オヤを欲しがる貴族達から小口の融資を募《つの》り、それを資金にこの工房をはじめただけ。

私が王子の学友になった頃の話だから、時期としてはちょうど一年ほど前。

下民街《げみんがい》には、孤児が寄り集まって暮らす銀星城《ぎんせいじょう》という建物がある。

継ぎ足しに継ぎ足しを重ねて積み木のように組まれた、今にも崩れそうな〝城〟。

そこには、親に捨てられたり両親に先立たれたりした子供達が、寄り添いあって暮らしている。彼らを取りまとめるリーダーは、代々〝銀星王《ぎんせいおう》〟と呼ばれていた。

子供達の王。私が今日会いに来たのは、その男にほかならない。

「こちらです」

案内されたのは、王の居室。どこから集めてきたのか、作りのしっかりした家具が置かれ、ソファには複雑な織りの毛織物がかぶせられていた。

そのソファに横たわり、書類に目を走らせているのは、頭にターバンのような布を巻いた目つきの鋭《するど》い少年だ。

「ああ、来たのか」

彼こそ、私の天敵で共犯者でもある、レヴィ・ガラット・マーシャルその人だった。

「それで、今日はどんな用件で来た?」

人払いを済ませたあと、レヴィは私と向かい合って尋ねる。彼のダークブラウンの目は細められ、口角が少しだけ上がった。

レヴィは恋パレの攻略対象だ。故《ゆえ》に当然、美形である。

彼は子供達の前では地の銀髪を隠しているが、今は布を取って晒《さら》している。全体の髪は短く刈られていて、襟足《えりあし》だけ長く伸ばし、その部分は一つにくくっていた。

こういった特殊な髪色は、主に貴族に現れる特徴だ。彼は子爵家の後継である自らの身分を隠し、下民街《げみんがい》で銀星王をしている。

ゲームの知識から彼が銀星王をしていると知っていた私は、オヤを大量に生産するツテを求めて、彼を頼ったのだ。

それを快く《こころよ》――とは言えないまでも、容認して協力してくれたレヴィは、貴族としてはかなり型破りな性格をしている。

まあ、おかげで、私にとっては多少後ろ暗いことでも相談できる存在なのだ。

ただ少々接触過多で、行動の読めない彼のことを、私が苦手に思っているのも本当である。

なんせこの男は、この世界での私のファーストキスを奪ってくれやがり×○▽※■
◇……
ゴホン。そんな個人的な恨《うら》みは置いておくことにしよう。

だからヴィサ君も、そんなに忌々《いまいま》しそうにレヴィを睨《にら》んじゃダメだよ。

色々な気持ちを抑えて、私は用件を切り出す。

「メリス家の処分について聞いているか？」

家に帰って着替える手間を惜しんだ私はドレス姿のままだったが、この男の前だと、学友時代の男言葉が自然に出る。というか、この方が慣れていて楽なのだ。

私のドレスに視線を落としていたレヴィが、視線を合わせてきた。

「珍しい格好で来たと思ったら、目的はそんな生臭い内容か？」

「茶化すな」

愉快そうに言うレヴィを、冷たく切り捨てる。

これが私達のいつもの会話の間合いだった。

レヴィは優雅《ゆうが》に足を組む。

「同日には俺も自らの成人の儀をしていたからな。その様《さま》を目にしたわけではないが、随分な騒ぎだったそうじゃないか」

レヴィとアランは同い年。なのでレヴィ自身も成人の儀のあと、自宅で祝賀パーティーを行《おこな》っていたのだろう。

しかしそのあとの噂《うわさ》はいくらでも耳に入っているに違いない。ジークがメリス家で引き起こした事件は、王太子まで巻きこんだ一大スキャンダルなのだから。

噂《うわさ》する現場を実際に目にしたわけではないが、容易に予想がつく。

「メリス家は領地と財産を半分没収の上、円卓会議から除籍。王家に多額の賠償金《ばいしょうきん》を求められていると聞く。それにもかかわらず家名が降格もなく残されたのは、驚きだがな。メリス侯爵を襲名して以来、お前と一緒でアランも学習室には顔を出していない。王子の四肢が二つ欠けると、風通しがよすぎていささか寂しいよ」

『王子の四肢』とは、学習室での成績上位者四名の俗称だ。アランと私はその一員だった。

すかさず、私の手を取ろうとするレヴィの手を振り払う。

この男に油断が禁物な理由はこれだ。私が男だと思っているのに手を出してくるあたり、ほんっとうに見境《みさかい》ない！

「アランはどうだか知らないが、私は今後永久に欠席だ。すぐに次が席を埋める」

上《のぼ》りつめたあの席を惜しむ気持ちはあるが、戻れない場所にいつまでも未練を抱いている場合ではないのだ。

「それは寂しいな。で、今日はどうしてそんな格好で？」

「……アランと婚約することにした。今度からはリル・ステイシーと呼んでくれ。それが私の本当の名だ」

そう言うと、レヴィは茶化すでも笑うでもなく、真剣な顔をした。

その反応が意外だったので、私は内心で驚く。

すると今度は、彼に右手を取られてしまう。

彼は私に抵抗の隙《すき》を与えず、さらった右手の指先に口づけた。

チッ、このマセガキ滅《ほろ》びろ。

「残念だ。お前の成人を待って、すぐに結婚を申し込もうと思っていたのに」

「まずは私が女であることに驚け‼　この好色エロ貴族が‼」

思わず本音を叫びつつ、私はレヴィを殴りつけた。

まあ、騎士団長の遠縁で武門の名門出身であるレヴィは、私の拳《こぶし》などたやすく手のひらで止めてしまったが。

「そんなに怒るな。お前が男であろうが女であろうが、私の愛は変わらない」

「変われ！　頼むから、一瞬でもいいから、動揺してくれ！　少し常識を取り戻してくれ！」

耐え切れず、私は頭を抱《かか》えた。

前世の私はゲームのレヴィルートを攻略しなかったのだが、彼はゲームの中でもこんな珍妙なキャラなのだろうか？

「相変わらず、お前はからかうと面白いなあ」

レヴィは呵呵《かか》と笑っている。

こんな男に相談して本当に大丈夫だろうかと、私は一抹《いちまつ》の不安を抱いた。

まあ、やるとなれば信用できる男だとわかってはいるのだけれど。

「……そういうことで、私はメリス家が請求されている賠償金《ばいしょうきん》の支払いのために、新しい事業を起こそうと思っている」

姿勢を正して言うと、レヴィの目に愉快そうな光が浮かんだ。

「なるほど。それでこの工房の上がりを資金にしようというわけか。ほかは、人材の確保でもお望みか？」

さすが。銀星王をやっているだけあって、レヴィはいい意味で世間ずれしている。こういうイレギュラーなことをしようとするときは、特に話が早くて助かる。

私はため息をつきながらうなずいた。

「そうだ。場所はメリス侯爵家のタウンハウス。そこで裕福な平民が泊まる宿をはじめようと思っている。ちなみにそういう宿屋を、とある国では〝ホテル〟と呼ぶ」

タウンハウスとは貴族が領地に持つ領主城とは別の、王都内に所有している邸宅のことだ。つまり、ついさっきまで私が滞在していたメリス侯爵家を指す。貴族街の一等地に位置して長い歴史のあるタウンハウスは、メリス家にとってかけがえのない誇りであり財産だ。

その宿泊権を、平民に売る。この世界の宿泊施設は、旅先で食事と睡眠を取るためだけに用意された宿屋しかない。

そこへはじめて、娯楽としてのホテルを作る。本当は異世界の知識だけど、もちろんそれは言えないから、外国での話ということにしておく。

この世界ではありえない私の提案に、レヴィは今度こそ目を見開いた。

「馬鹿な！　ありえない」

彼にしては珍しく声を荒らげ、頭《かぶり》を振った。

私の提案は、貴族である彼には受け入れがたいものなのだろう。

「タウンハウスは、建国の折に貴族が王から分け与えられた土地に建てた屋敷だ。その広さと古さ、そして城への近さが貴族の位を示している。それを宿屋になど……」

「宿屋じゃない。極上の料理とサービスを提供する〝ホテル〟だよ」

「名前が違っても同じことだ。第一、そんなことを、あの誇り高いアランが許すはずがない」

「アランはやると言ったよ。家を存続させるためなら、なんでもすると」

レヴィは信じられないという顔をした。

アランが反論を口にせずこの提案を受け入れたとき、私もきっと同じ顔をしていたことだろう。

「あのアランが……」

レヴィは強張《こわば》った表情で呟《つぶや》く。

「しかし、なぜわざわざ〝ホテル〟なんだ？　お前ならば、ほかにいくらでも方法を思いつくだろう。珍しい菓子でも料理でもなんでもいい、オヤをもっと大量に生産してもいい。何かあったはずだ。アランの矜持《きょうじ》を守りながら金を稼《かせ》ぐ方法が」

「あなたがそれを言うの？」

私がそう言うと、レヴィはハッとしたように黙りこんだ。

残り一年もないのに国家予算の四分の一もの大金を稼《かせ》ぐなら、どんな方法を選ぶにしても、どこかで無茶をしなくてはいけない。

この工房でのオヤの生産量は、市場での流通量が増えすぎないように一定のラインで制限している。市場に出回る商品が増えれば、その希少性が下がり、価格の下落がはじまるからだ。

現在の工房の主な目的は、親のいない子供達に清潔な環境と充分な食事を与えること。

今の状態を維持するためには、私の都合で生産量を無秩序《むちつじょ》に増やすわけにはいかない。

「レヴィは、アランの成人祝賀パーティーにはいなかった」

「そうだが……」

「私はいたよ。あの惨劇《さんげき》の夜に」

様々な人の思惑が入りまじり、結局誰一人として勝者になれなかった、あの夜。

「そこで聞いたんだ。メリス侯爵家の領地に暮らす、農民達の嘆《なげ》きを」

ジークがメリス侯爵家を占拠するために動員していたのは、領主に恨《うら》みを抱く農民達。

彼らは、侯爵家に搾取《さくしゅ》され、痩《や》せ細り、飢《う》えて家族を亡くし、貴族に刃《やいば》を向けるしかなかった。

「メリス侯爵家には、半分を没収されたとはいえ、領地が残っているんだ。だけど、去年一年分の税収はどこかに消えている。では、食い詰めて領主に刃《やいば》を向けるしかなかったその領民達を、誰が守る？　貴族の恨《うら》みを買い、殺されるかもしれないと怯《おび》えている彼らを、一体誰が救う？」

私がメリス侯爵家で目にした書類は、国からの賠償金《ばいしょうきん》の請求。去年一年間の領地の収支。領地に暮らす農民の戸数。そして――領主城に留められ誰も目を通してこなかった、山ほどの領民からの陳情書《ちんじょうしょ》。

学習室にも通わず黒服で身を固めたアランは、屋敷に閉じこもり、それにばかり目を通していたという。

一体何が父親を殺したのか。どうしてメリス侯爵家がこれほどまでの窮地《きゅうち》に追いこまれなければならなかったのか。それを知るために。

目の下に隈《くま》を浮かべ、痩《や》せ細っていたアラン。

自らも両親と兄を失ったばかりという状況で、彼は何かに取り憑《つ》かれたように自らの家の非を探し回っていた。

「アランは選んだんだよ。侯爵として、残された領地を守る方法を」

領地からの税収は、急に増えたりはしない。

むしろ、国に没収された分と無理な税率を一般的な値に戻す分、大いに減ることは目に見えていた。それでは賠償金《ばいしょうきん》は支払えないし、領地の整備も行《おこな》えない。

しかも、先代の侯爵は後先を考えずに領地を運営していたらしい。無理な栽培を行《おこな》っていた農地は痩《や》せ衰《おとろ》え、作物に対する病《やまい》の訴えにも、特に有用な対策は行《おこな》われていなかった。それを改善するにもまた、充分なお金と時間が必要だ。

「もうメリス家は、領地からの税収だけではたちゆかない。賠償金《ばいしょうきん》を支払うためだけじゃなく、領地を守っていくには、税収以外で継続的に利益を生み出す仕組みが必要なんだ」

私がその方法にホテル運営を選んだのは、まず第一に先行投資が少なくて済むからだ。住む人が極端に減ったメリス邸は、豪奢《ごうしゃ》な内装を誇る部屋がそれこそ数えきれないほど空《あ》いている。豪華な調度品を売ればいいのではと思いもしたが、それではジリ貧だ。

アランは先のことまで見据《みす》えて、私の無謀《むぼう》な提案を受け入れたのである。少なくとも、私はそう信じている。

彼は自分で、領民にとって〝いい領主〟になると決めたのだ。

抵抗はあるだろう。今のレヴィのように、私の提案に拒絶反応を示す者は多いに違いない。それでも、私達はそれを乗り越えると決めた。

「そこまでの覚悟が……」

レヴィは嘆息しつつ小さく呟《つぶや》いた。いつも人を食ったような態度の彼が、こんな様子なのはとても珍しい。

そしてレヴィはゆっくりと立ち上がった。

「早い方がいいのだろう？　行こうか、メリス邸に」

そう言って優雅《ゆうが》に差し出された手に、私は自分の手のひらを重ねた。

* ✣ *

連れ立ってメリス邸に現れた私達を、アランはひどく不機嫌そうに見た。

なぜこの男を。アランの目がそう語っている。

「久しぶりだな、アラン。息災か？」

レヴィはごく軽い調子で声をかけた。

同じ王子の四肢とは言っても、別に肩を組む仲間同士というわけではない。

王子の四肢の一人であるルシアンは学習室内の力関係には我関《われかん》せずでいたし、私はと言えばほとんどの生徒から見下されていた。

アランの取り巻きに突っかかられていた私をレヴィが助けてくれたこともあるので、私を挟んでの二人の関係は、若干複雑なのだ。

「それでリル、どうしてわざわざこの男を？」

私達は丸テーブルに、それぞれが同じくらいの距離感で座った。

サーブされたお茶の香りはかぐわしいのに、その場に流れる空気はピンと張りつめている。

「レヴィには、普段から色々と協力してもらっているの」

そう言うと、アランは途端に眉を吊り上げる。

「こんないかがわしい男には近寄るな」

彼に対する評価は私もまったくの同意見なのだが、そんなことを言っていては話が進まない。

「アラン。レヴィは下民街《げみんがい》に伝手《つて》があるんだよ。私は彼と共同で、例のレース編みの工房を経営してる」

私がそう言うと、アランは驚いた。

レヴィと私は、ここに来るまでの間に、アランに私達のしていることを正直に話すということで合意していた。

私は順を追って、レヴィの協力を得て工房を開業した経緯と状況、それによって少なくない収入をこちらに回すことができるという話をした。もちろん、レヴィが銀星王をしていることも包み隠さず話す。

下手に隠せば、アランは私のこともレヴィのことも信用しないだろう。

それでは困るのだ。

「そんなことを……」

アランは呆気にとられた様子だった。

それでもしばらくすると話を理解し、その目には鋭《するど》い光が戻ってくる。

「銀星王と言ったか？　レヴィ、子爵はそのことを？」

「知るはずないだろ？　下民街《げみんがい》に出入りしてるなんて、ばれただけで勘当《かんどう》ものだ」

レヴィの言葉に、アランが黙りこむ。

秘密をアランに晒《さら》す――それはレヴィが差し出した、アランに対する信頼の証《あかし》だ。

しばしの沈黙ののち、アランが表情を崩し、ふっと小さく笑った。

「マーシャル子爵も大変な息子を持ったな」

「ああ、深く同情するね」

そう言ってレヴィはアランと笑い合う。

部屋に張りつめていた見えない糸が緩み、二人が言葉の上で握手を交わしたことに私は安堵《あんど》した。

「それで、ホテルのことだけど――」

そこからはじまったのは、私の一方的な説明だった。

ホテルがどういうものであるかの詳細。そして、ホテルで行《おこな》いたいと考えているサービス。人材を確保する方法。宣伝手段。提供したい料理。その途中、それぞれの分野に関する伝手《つて》を確認していく。

そこにレヴィやアランが、質問や改善点を挟んでくる。

話し合いは夜にまで及んだ。

ミーシャが心配するといけないので、私は一度ステイシー邸に帰宅し、翌日に再びメリス邸を訪れることにした。

レヴィはただでさえ学習室と銀星王の二足のわらじで多忙なので、今日の顔合わせ以外は下民街《げみんがい》の子供達を使った伝言での連絡が主になるだろう。

帰宅の前、別れの言葉を口にする二人の目には、それぞれ未知のものに対する挑戦と野心に似た光が宿っていた。

アランは侯爵家を守るためにプライドを捨て、レヴィはそれに協力するために秘密を晒《さら》した。

あとは言い出しっぺの私がどこまでやれるのか。二人がくれた信頼を、絶対に放り出すわけにはいかない。

ステイシー邸への帰り道、喜びではやる胸を抑えつつ、私は決意を固めたのだった。

家に帰ると、待ちかねたようにアオボシが走ってきて、私を出迎えてくれた。

私はアオボシを抱き上げ、その豊かな毛皮のにおいを嗅《か》いだ。

白い毛皮からはぽかぽかとした、太陽のにおいがする。

「日向ぼっこをしてたの？　アオボシ」

尋ねた私に、アオボシは黒々としたつぶらな目を向けてくる。

興奮したようにハッハッと吐かれる息。口からちょっぴり出ている健康的なピンク色の舌。

「アオボシ様は、ずっとリル様をお待ちだったんですよ」

私を出迎えてくれたメイドの一人が、微笑ましそうに言った。

その一言が、私の胸をズキリと痛ませる。

なぜそんな気持ちになったのかは、わからない。

嬉しいはずなのに、ひどく罪悪感を覚えたのだった。

＊　✣　＊

それからしばらくの間、私はミーシャの許可を取り、メリス邸に泊まりこんで侯爵家のホテル化計画を突き進めていった。

まず作ったのは、やるべきことのリストと、解決しなければいけない問題のリスト。

どちらのリストも、事柄が多すぎて真っ黒になってしまったが、一つずつ対処していかなければならない。

一番大きな問題は、人手不足だ。

メリス侯爵家の使用人は、例の事件のあとほとんどがやめてしまった。なのでホテルを開業するなら、急いで人材を補わなければならない。

幸い、ほかに行き場のない下働きの者達は残っている。

欲しいのは来客の対応ができる使用人だ。ホテルなのだから、彼らがいなければ話にならない。

ついでに、今いる使用人達から、私達がこれから行《おこな》う事業への理解を得なければならなかった。

彼らは誇り高い、侯爵家の使用人達なのだ。前もって覚悟はしていたが、やはり彼らの説得は容易ではなかった。

私とアランは、説明のために彼らを大広間へ集めた。

そこで私がどんなにホテルを開業するメリットを説明しようと、彼らは疑惑の目で、あるいは蔑《さげす》むような目で私を見つめた。

当然か。彼らはメリス家で隔離されていた頃の私を知っているのだから。

それでも、私は辛抱強く説得を重ねた。

ホテルの成功には、彼らの協力が不可欠なのだ。

「そんなことを言って、この家を乗っ取ろうとしているんだろう！　妾腹《めかけばら》がえらそうに！」

アランがいないときに投げつけられたその言葉は、痛かった。

私はショックを押し殺しながら、私を思って猛《たけ》るヴィサ君をなんとかなだめなければならなかった。

ところが、あるときを境に突如事態は好転した。

使用人達の私を見る目が明らかに変わり、彼らは一定の理解を示してくれるようになったのだ。

一体どうしたのかと思っていたら、私がいないときにアランから訓示があったのだと古参の使用人が教えてくれた。

アランは私を正式な婚約者だと言い、私に対する侮辱《ぶじょく》は自分に対する侮辱《ぶじょく》だと語ったという。そして、苦労をかけるが、共に侯爵家を守《も》り立てていってほしい、とも。

私にその話をしてくれた老女は、前侯爵もかくやという迫力だった、と嬉しそうに頬を緩めていた。

アランは口だけでなく、本当に私を信頼して一緒にホテルを作ろうとしてくれているのだ。

それが嬉しくて、私は意気込んだ。

次に私は、新しい人材の確保に乗り出した。

しかし普通に使用人を募《つの》れば、技能のある使用人には相応の給料を約束しなければならないし、新人だと教育に時間がかかる。

そこで侯爵家に残った使用人達に頼み、すでに他家の使用人を引退している人達を集めることにした。

メイド、あるいはフットマンといった、客を出迎える業務をこなす者は、その見栄《みば》えも重要な要素。そのため一定の年齢を過ぎると、別の業務に回されるか引退してしまうのだ。

私はそこに目をつけ、すでに家庭に入って子供を育て終えた、熟練の元メイド達を雇用しようと考えた。それも登録制にして多数の人材を確保し、そのとき働ける人に来てもらうというものだ。

そしてシフト制と時給制を導入し、短い時間なら働けるという人にも勤めてもらえるよう工夫した。

ま、工夫も何も、日本のアルバイトと同じシステムなのだけど。

私が前世でバイトをしていた居酒屋にも、子供を育て終わったおばちゃん達がいた。

彼女達は物怖《ものお》じもしないし、たくさんシフトに入ってくれるので店長も頭が上がらなかった。

まあ、扶養内でしか働けないとか、土日連休は出てこられないとか、もちろん一長一短《いっちょういったん》なところはあったけどね。

話を戻して、時給制もないこの世界で最初にこの考えを話したとき、使用人達は目を白黒させていた。しかし、かなりの求人効果があったらしく、たくさんの引退した経験者を集めることができた。

この世界には年金がないので、年を取っていても、働けるのなら望むところだという人が多い。かえって集まりすぎて少し困ってしまったぐらいだ。

しかしそこはシフト制を活用して、はじめは全員の希望に合わせて公平に労働時間を分配することにした。

そして、働きのいい者は時間給とシフトを増やすことも、その逆もまたあると伝えた。

こうすることで労働意欲を高めて、使用人の質を確保したいところだ。

ホテルの運営にはたくさんの人材が必要だが、その一人一人を面接している暇はない。

さらに言うなら面接だけではわからないことも多い。

だから開業前の訓練段階のうちに人となりを見て、シフトを調整していくしかない。

メリス侯爵家の元々の使用人達にはそれぞれの部署でリーダー格になってもらい、新しい使用人達の評価もお願いした。

やはり、実際にその場で働く人々でなければ、そのよし悪しはわからないはずだから。

雇い入れる使用人達はほぼ経験者なので、研修の期間は短くていい。

あらかじめ何組かに分けて説明会を開き、そこでシフト制と時給制、それからメリス家独自の慣例なども詳しく説明した。

このシステムがうまく機能すれば、今後は私がいなくても、人材確保や新人教育の面でのノウハウが蓄積されていくはずだ。

こうして問題のリストから一番早く消せたのは、人材不足の項目だった。

＊✣＊

光月《こうげつ》――三月の後半にさしかかったその日、私は手紙を書いていた。

一通は、トステオにいるスヴェン宛。ホテルの経営について相談と頼みたいことがある。

まずは、人員の斡旋《あっせん》。接客の人材はそろってきたものの、経営には数字に強く信頼できる人間が必要だ。

それから、これは難しいのかもしれないけれど、顧客の紹介。

私が狙っているホテルの客層は、仕事で街から街へと移動することの多い商人達だ。

だからトステオの街で商人ギルドのギルド長を務めるスヴェンならば、良質な伝手《つて》をたくさん持っているだろうと考えた。

商人ギルドは、各国に支部を持ち、独自に国際法のようなものまで制定してしまうのだ。今やどこの国でも無視できないほどの、強大な権力を誇っている。

この大陸で行き交う金のほとんどには、商人ギルドの手垢《てあか》がついている——口さがない者がそうジョークを飛ばすほどに。

故《ゆえ》に、貴族を凌《しの》ぐほどの膨大な資産を持つ大商人というのも少なからずいる。まずはそこから集客できれば、と思っているわけだ。

ということで、唯一《ゆいいつ》の商人の知り合いであるスヴェンに、人員と顧客紹介のお願い、加えてホテルのプロモーションはどうすれば効果的かという相談をしたためた。

彼ならきっといいアドバイスをくれることだろう。

無料《タダ》でというわけには、いかないだろうけどね。

スヴェン宛の手紙に封をして封蠟《ふうろう》をすると、もう一枚の手紙に取りかかる。

次の宛先は、騎士団での従者時代に一緒だった、リグダとディーノだ。

彼らは私への嫌がらせを統率していた厄介な二人組だったが、あるときリグダの命を救ったことで、私を見直してくれたらしい。

実家が巨大な農園を経営しているディーノと、その農園と提携して石鹸《せっけん》を作っている家の子供であるリグダは、今では私の舎弟《しゃてい》ちっくな友人だ。

私は二人に対して、近々会いに行く旨《むね》を手紙に記した。

それはもちろん、旧交を温めたいというわけではない。

ディーノの実家でこの国の食材を調べるためと、リグダの協力を得て糠石鹸《ぬかせっけん》に次《つ》ぐ新たな商品を開発するためだ。

糠石鹸《ぬかせっけん》というのは、私が前世の世界の豆知識で作ったもの。苛性《かせい》ソーダのかわりに糠《ぬか》を使った、肌に優しい石鹸《せっけん》だ。

ネイという米そっくりの植物の糠《ぬか》に、重曹《じゅうそう》――普段はベーキングパウダーとして使っているバフの花粉――を加え、この二つをお湯の中でまぜ合わせることで出来上がる。

まあ、試行錯誤《しこうさくご》を繰り返して実際に完成させてくれたのはリグダなのだが、それは置いておいて。

はじめは洗濯に使えないかと思っていたのだけど、意外にも米糠《ぬか》の美容効果で、今は体を洗う石鹸《せっけん》として上流階級の間で流行している。

おかげで、リグダの実家も業績好調らしい。

その経験から思いついたのは、ホテルでの美容品の販売だった。

販売するのはそれだけに限らないが、美容品がウケると踏んでいる。

日本では、旅行に出かけた先のホテルや旅館で、箱詰めお菓子にまじって、たくさんの美容品が売られていた。米糠《ぬか》はもちろんのこと、馬油《バーユ》や椿油《つばきあぶら》、炭、泥、温泉成分配合というのもあった。

大浴場なんかにご自由にお使いくださいと並べられていたその商品は、お土産屋でも売られていて、使い心地が気に入った女性客などが浴衣姿でそこに群がっていたりした。

私はメリスホテル――名前はまだ未定だけれど――に、お土産屋を併設すると決めている。新たな美容品や珍しい調味料、この世界では目新しい日本のお菓子などを売ろうと思っているのである。

商人を顧客にするのであれば、それらの販売は同時に彼らへのプロモーションにもつながるはず。

ホテルに宿泊した商人達や、あるいはその妻、子供達が気に入って購入してくれるだけでなく、さらには貴族などへも販路を広げられるかもしれない。

さらにその商品が呼び水となって、ホテルの宿泊客が増えるという相乗効果も期待できる。

今はまだ希望的観測でしかないけどね。

それにしても、前世で癒《い》やしを求めて温泉に行きまくったのが、まさかこんなところで生きるとは思わなかった。お土産のクッキー、煎餅《せんべい》、中にカスタード餡《あん》を入れてふんわりと焼き上げたお菓子、アイス、饅頭《まんじゅう》などなど、商品化したいお土産は山ほどある。

まさに、日本の観光文化及びお土産文化ありがとう、である。

とりあえず新しい商品を作りたい経緯をかいつまんで説明した手紙を綴《つづ》り、封をした。

そうそう、スヴェンにもらった指輪のような商品も扱いたいことも、書き添えて。

さて、これらの手紙を前に、私は腕を組んだ。

リグダとディーノ宛の手紙は普通に商隊にでも頼めば数日で着く。でも、トステオは遠いので、スヴェン宛の手紙は届くまでに時間がかかり過ぎてしまう。

「ヴィサ君」

私はにっこりと振り返った。

アオボシと一緒になってボールと戯《たわむ》れていたヴィサ君が、なんだというようにこちらを見上げる。

「これちょっと、届けてくれないかなー」

そう言って、私は手紙を差し出した。

ヴィサ君が、微妙に顔を強張《こわば》らせる。

「お、おう！　どこまでだ？」

「ちょっくらトステオまで」

黙りこむヴィサ君。まあ、遠いもんね。風の精霊であるヴィサ君でも、往復で丸一日以上かかる。しかし人の足を使うと、ひと月以上だ。

ヴィサ君が重いため息をつく。

それと同時に、視界の端でふわふわと漂《ただよ》っていたまりもが、急に人化した。

「え、ラーフラ？」

全身緑色の、苔《こけ》のような不思議なローブをまとった人の姿だ。その体ははじめて会ったときの透《す》け感がある姿とは違い、確かな実体を持ってそこに立っていた。

「その手紙を、トステオまで届ければいいのか？」

突然の質問に面食らう。

「へ？　あ、うん。トステオにいるスヴェン宛……だけど」

私がそう言うと、ラーフラは右手をこちらに差し出してきた。

「貸せ」

「へ？」

「いいから、貸せ」

ラーフラの目つきが少し鋭《するど》くなったので、私は混乱しつつも、書き上げたばかりの手紙を彼の手の上にのせた。

するとラーフラの手のひらから植物が芽吹き、瞬《また》く間に成長したそれが、手紙を呑みこんでしまった。驚く私をよそに、くしゃくしゃになる手紙。

あー……

呆気にとられてラーフラを見上げれば、彼は無表情ながらも若干満足げな雰囲気だ。

なんなんだ、一体。

「あの、ラーフラ？」

「何やってんだお前」

ヴィサ君が私の気持ちを代弁してくれた。

まあ、手紙はいくらでも書き直せるからいいんだけれど。

と思っていたら、手紙を呑みこんだ植物がさらに成長し、大輪の花を咲かせる。

わあ、綺麗。

そしてその花は瞬《またた》く間に枯れ落ちて、大きな種をつけた。

しかし普通の種ではない。それには薄く長い葉っぱのような羽がついている。

ラーフラはその種を口元に持っていくと、ふうと息を吹きかけた。

すると羽が激しく羽ばたき、宙に浮きあがる。

「窓を開けろ」

ラーフラの言葉に従って私が部屋の窓を開けると、それを待ちかねたように種は外に飛び出していった。

まっすぐと、北に向かって。

種を見送った私は、もう一度ラーフラを見上げた。

「ええと、今のは？」

「トステオのスヴェン。あの種はその者の近くで芽吹く」

「へ？」

私が素《す》っ頓狂《とんきょう》な声を上げると、ラーフラも訝《いぶか》しげな目で私を見下ろした。

「手紙を届けるのだろう。違うのか？」

四六時中《しろくじちゅう》私のそばにいたからか、前よりも理解しやすい言葉遣いになってはいる。

でも、理解しやすいのはあくまで言葉遣いだけであって、その真意は相変わらずわかりにくいままだ。あといつも、無駄にえらそう。まりものくせに。

「いや、違わないんだけど……」

どうも、厚意で手紙を届けてくれるらしい。いや、それが厚意から出た行為かどうかは、実際のところわからないのだけれど。

「ええと、ありがとう。助かるよ、ラーフラ」

とりあえず、私はお礼を言った。少し硬い笑顔にはなっただろうが、それを見破られないといいなと思う。

ラーフラはしばらく黙りこんだあと、呟《つぶや》いた。

「貸しだ」

そしてすぐに、元のまりも姿に戻ってしまった。

まりもはもう口を利《き》かない。ただ空中をふよふよと浮き沈みするだけだ。

「え」

この高慢《こうまん》ちきな精霊に借りを作るなんて、あとが怖すぎる。

一体どうやってその貸しを回収するつもり!?

親切の押し売りに怯《おび》えつつ、私はディーノとリグダ宛の手紙を商隊に託すため、逃げるように部屋を出たのだった。

＊ ❖ ＊

さあて、お次は料理人の手配だ。

私は王子の学友の姿で、ほかの学友達に気づかれないよう、ひそかに城に上がった。

学習室の制服を着ていれば、問題なく登城することができる。

目的地は騎士団の寮《りょう》。そこで腕を振るっている料理長に会いたいのだ。

カノープス副団長の従者時代から、彼にはとてもお世話になっている。

料理長は今日も、快《こころよ》く私を迎え入れてくれた。

料理長の控え室で二人きりになったのを確認して、私は慎重に口を開く。

まだ誰にも内緒にしてくれという前置きをつけて、メリス侯爵家をホテルにする計画と、そのための料理人が必要だという話だ。

「えええっ⁉」

料理長が驚愕《きょうがく》の声を上げたので、私は口に人差し指を当ててそれをなだめた。

「メリス侯爵家が先日の件で困窮《こんきゅう》していたとは聞いていたが、まさかそんな思いきったことをするなんて……」

この料理長、いつも妙に貴族の内部事情に詳しい。おそらくは貴族ばかりの騎士団の寮《りょう》で働いているせいだろう。

「だから、信頼できる料理人を紹介してほしい。腕はそれほどじゃなくていいから、基礎がしっかりしていて、若い人がいいな。それもたくさん。身分は問わないから」

私は料理人がきちんと休みが取れるように、厨房《ちゅうぼう》に関してもシフト制を導入しようと考えていた。そのためには、どうしても頭数が必要なのだ。しかも若くて体力があり、ついでに頭が凝《こ》り固まっていない、経験の少ない者がいい。

メリスホテル（仮）のレストランでは、この世界では珍しい日本の家庭料理を提供する予定なのだ。なので、いちいち『こんな調理法はおかしい』なんて指摘されては、なかなか先に進めない。

私の話を聞いている間、料理長は腕組みをして、ずっとうんうん唸《うな》っていた。

やはり難しい注文だっただろうか？

私がそう思っていると、料理長は唸《うな》るのをやめて、まっすぐにこちらを見る。

「それ……俺じゃダメか？」

彼の口から飛び出したのは、あまりにも予想外な言葉だった。

「ちょっと、話をちゃんと聞いてた!? 若くて、まだ経験の浅い人でいいんだってば！ そりゃあもちろん来てもらえたら嬉しいけど、充分なお給金が用意できるか、まだわからないし……」

なんせ城にある貴族ばかりの騎士団の寮《りょう》で料理長をしているぐらいなのだから、彼はかなりの給料をもらっているに違いない。

今の侯爵家では、それと同等の給料が出せるとはとても言えない。

それにしてもこの料理長、急に何を言うんだ。

名誉ある城勤めから、いい年こいて転職だって？ 家族が泣くぞ。欲しがっていたお嫁さんも、もらえなくなるぞ。

さすがにそれらをすべて正直に言うわけにはいかないので、遠回しにお断りしてみる。

「そんな充分な賃金は出せないし、安定しないうちは下働きみたいなこともしてもらわなくちゃ。ありがたいけど、そこまで気を遣ってくれなくていいから……」

苦笑いで説得しようとすると、料理長が身を乗り出してきた。

「賃金なんぞいらん！ 下働きもどんとこいだ！ だから俺を使ってくれ!!」

暑苦しく滾《たぎ》る料理長の情熱に、私は引いた。

何がそんなにも、彼を突き動かしているのだろう？

「お金がいらないって、何言ってんの？　そんなんじゃ、お嫁さんもらっても養えないよ」

おおっと、言わないでおこうと思ってたのに、言っちゃったぜ。

結婚願望の強い三十代の髭面《ひげづら》料理長は、一瞬めげたものの、その目には強い信念が宿っていた。

「いいや、俺は決めたぞ！　俺もその〝ホテル〟とやらで働いて、お前の不思議料理を習得してやる！」

握《にぎ》り拳《こぶし》を天に突きだした料理長を止めることは、もはや誰にもできなかったらしい。

絶対に来るなと言って帰ったにもかかわらず、翌日メリス侯爵家にやってきた料理長。

そして、これからよろしく、と笑顔でのたまったのだった。

何度帰れと言っても聞かないので、私はしぶしぶ料理長を、メリスホテル（仮）で雇うことにした。

しかしこちらの懐《ふところ》はいささか寒い状況だ。彼の言葉に甘えて、賃金は控えめにさせてもらおう。

文句をまじえつつブツブツ言っていたら、慌てた様子でアランがやってきた。

彼は私が頼んだ、領地に対して出すおふれの準備をしていたはずだ。

何事かと思ってそちらを見ると、アランが己より下位の貴族に対しての礼を取ったではないか。

なんで、どうして？　と、私は目を丸くするばかり。

するとアランが、若干恨《うら》みがましげな目をこちらに向けてきた。

あれ？　私、何かまずいことしちゃった？

「突然のお越しとは、恐れ入ります。リーンズベルト卿」

誰だそれは。

私が聞き返そうとすると、後ろにいた料理長がずずいと進み出てきて、アランに向けて格上の貴族に対する正式な礼を取った。

「遅ればせながら、侯爵襲名おめでとうございます。アラン・リア・メリス殿」

二人とも礼を解くと、呆気にとられている私に向け、片やため息を、そして片や悪戯《いたずら》が成功したワルガキのような笑顔を向けてきた。ちなみに、前者はアランで後者が料理長だ。

事情がわからないながらに、イラッとする。

「そういや名乗ってなかったな。俺の名はフリオ・シス・リーンズベルト。料理人の傍《かたわ》ら、一応男爵なんぞもやっている。ということで、これからよろしく頼むな」

いや、いい笑顔を向けてくるなよ！

私は反射的に、差し出された手を叩き落としていた。

「あっはっはっは！　いやお前、全然気づかないから」

「厨房《ちゅうぼう》で働く料理長が実は貴族だなんて、誰が気づくか！」

「でも俺って所詮《しょせん》、男爵だしー、領地も微々《びび》たるもんだしー」

「語尾を伸ばすな！」

「……城の厨房《ちゅうぼう》で働く変わり者の男爵がいると、噂《うわさ》で聞いてはいたが……」

というわけで、今までずっとただの料理長だと思っていたこの男。実は、男爵位を持つれっきとした貴族であるらしい。

こんな髭面《ひげづら》が……

まったくもって信じがたい。

大ベテランの使用人であるこの家の家令さんが、侯爵家の夜会に一度来たきりの料理長の顔を覚えていて、アランに知らせてくれたのだそうだ。

確かに、そう言われてみれば、思い当たる節《ふし》がないでもない。

料理長はやけに貴族社会の事情に詳しかったし、お金がかかるので貴族くらいしか飼っていないはずの猫――こちらの猫には角《つの》が生えているが――を飼っていたし。

　城勤めの給料はそんなにいいいんだなぁ、と勝手に納得していた自分を、力の限り殴りたい。

「それにしても、お前、なんで女装してるんだ?」

　料理長改めフリオが、気軽に聞いてくる。

　今それか!　驚いたならもっと早くに聞こうよ。

　そうツッコみたくなったが、自らに叩きこんだ淑女《しゅくじょ》のマナーがそれを許さなかった。

「改めまして、リル・ステイシーと申します。どうぞよろしくお願いいたします」

　自己紹介ということで、一応言葉遣いを改める。

　まあ、先ほどまであれほど粗野な言葉の応酬《おうしゅう》を続けていたのだから、まったく無駄な気もするが。

「彼女は私の婚約者だ。これからはそのつもりでよろしく頼む……はぁ」

　アランが助け舟を出してくれた。しかしその深いため息は余計だ。

「なるほど。それでは麗《うるわ》しのリル嬢。以後、お見知りおきを」

　そう言うと、髭面《ひげづら》男爵は私の手を取り、その甲に口づけてきた。

　気持ちの面でも感触的にもむず痒《がゆ》いが、フリオは淑女《しゅくじょ》に対する正式な礼を取っただけなので、必死で耐える。

やはりこれから貴族社界に入っていくならば、こういった儀礼的なやり取りにも慣れておかなければならない。

ホテルの準備がもっと進んだら、今度はあちこちのパーティーに参加して顔を売ろう。反感を買うこともあるだろうが、そういった広報活動だって、すごく大事だ。

心の中のやるべきことリストの中に、私は新たな一行を書き加えた。

「いやあ、それにしても、男に扮《ふん》して従者入りとは、まったく恐れ入る」

「あ、ばか」

「――従者だって？」

フリオの迂闊《うかつ》な発言に、私は一瞬で青くなる。

騎士団で副団長の従者をしていた頃の私を、アランは知らないのだ。

学友として招集されるまで、私はステイシー家で悠々と暮らしていた、とアランは思っていたことだろう。私も、その勘違いをあえて訂正してこなかった。

なぜなら、こうなることが目に見えていたからだ。

「詳しく聞こうか、リル？」

笑顔が、笑顔が怖いよ、アラン！　侯爵になったからか威厳が増したね！

ぎこちない笑顔で応じた私は、諦めて今までの経緯を正直に話した。

フリオの前だから、森に捨てられたあたりは省略して、ついでにゲイルとミハイルは極秘の任務で村にいたことを考慮して、そのあたりも割愛する。

……あれ、全然正直になっていない気もするけれど、それはさておき。

ステイシー家の養子になり、ミハイルの小姓になるために男と偽《いつわ》って騎士団に入団したはいいが、魔力に問題があってなぜか副団長の従者になってしまったことを、私は手短に説明した。

アランは眉間のしわを深くし、フリオはそういうことだったのかと興味深げに聞いている。

まったくフリオも、なにもアランが在宅のときに来なくてもいいじゃないか。

話しながら、私は心の中で明後日《あさって》な八つ当たりをしていた。

いずれ話さなければいけなかったことでは、あるのだが。

「だから、陛下はお前を男として学友にお加えになったのか」

まあ、そうだ。そういえば、私が男装していた事情なんかをアランに説明したことは、今まで一度もなかった。

「それにしても、まさか学友になる前から〝戦術の天才〟と面識があったとは」

〝戦術の天才〟とは、ミハイルのことだ。彼は王子の学習室で講師をしていたので、アランとも面識がある。

「ああ、今はミハイルもゲイルも任務で王都の外に出てるから、戻ったらアランに紹介しようと思ってたんだけど」

冷や汗をかきつつ、弁明してみる。

これから正式に婚約するのだし、ミハイルはともかくゲイルには紹介しなければならない。

しかし、アランの眉間のしわがなくなることはなかった。

「まあそれはさておき、その〝ホテル〟とやらで、ルイはどんな料理を出すつもりなんだ？」

我慢しきれなくなったフリオが、身を乗り出して聞いてくる。

私はその助け舟に乗り、目指しているホテルのレストランの概要を、ことさら熱く語った。

フリオは子供のように目をキラキラさせて、何度もうなずきながら私の話を聞いてくれたのだった。

＊
❖
＊

草原で夜営しているのは、三人の男。

ミハイル、ゲイル、スヴェンだった。

北の辺境トステオから王都に向かう道程だ。街道に雪はなくなってきたが、まだまだ夜間は冷える。

夜営をする割に豊富な資材を持ち歩いている彼らは、分厚い防寒具にくるまり、それぞれ火を囲んでいた。

先ほどまではいくつかの軽口の応酬《おうしゅう》があったが、今は光月《こうげつ》らしい春先の目覚めはじめた虫の声に、耳を澄ましている。

それが起こったのは、そんな静寂の中だ。

やけに素早く動く羽音に似た音が聞こえ、くつろぎながらも周囲に神経を配っていた三人は武器を手にし、いつでも動けるように立ち上がって体勢を変える。

羽音はどんどん三人へと近づいてきた。

空に上る月の光は、まだ心もとない。

夜の暗さに慣れた三人の目の前を、一瞬何か丸い物が過《よぎ》った。

三人のうち二人は剣を構えていたが、その丸い物体は通りすぎた先で折り返してきて、唯一《ゆいいつ》剣ではなくナイフを構えていた一人の足元の地面に激突した。

「うわっ」

ナイフを構えていた男が、たたらを踏む。

尻餅をついた彼——スヴェンを、そばにいたミハイルが助け起こした。

「なんだ、これは」

三人は警戒したまま、着地した物体を見つめた。ミハイルは剣の切っ先で半ば土に埋まった丸い物体を突く。

「……種？」

切れてわずかに見えた白い部分が、たき火の炎に照らし出された。

剣先から植物特有の硬さが伝わる。

何者かによる攻撃かとも思われたが、それにしては周囲から人の気配どころか大型動物の気配すらしない。

「なんなんだ、一体」

ゲイルがあきれたように呟《つぶや》く。

あたりには、まだ虫の音がしている。もし何者かが近づいているというのなら、敏感な虫達はすぐに逃げ出しているはずだ。

三人がどうするべきかと頭を悩ませていると、突然、飛んできた丸い物体が地中へと引っこんだ。目を疑って近寄るが、ただ地面に丸い穴が開いているばかりだ。

しかしそのすぐあとに、驚くべきことが起きた。

穴から、穴の直径とちょうど同じ幅の茎が、飛び出してきたのだ。

茎は水も光もないのに空に向かってにゅるにゅると伸びる。

三人は呆気にとられてその様《さま》を見守っていた。やがて茎の先から若葉が開き、その植物は加速度を増して成長する。

星と月の明かり、炎しか明るさがない中で巨大化していく影は不穏でしかなかった。

「なんだ、こりゃあ……」

そして成長が止まった植物を見たとき、彼らはそう言うよりほかになかった。人の身長とほぼ同じほどの植物が、月夜の下で花開いている。

炎に照らし出される花弁は白い。一瞬目がくらむような甘い匂いが漂《ただよ》い、そして気づけば、花は枯れて実をつけていた。

瑞々《みずみず》しい赤い果実が、まるで三人の前に『どうぞ』というように差し出されている。

「ミハイル、スヴェン、こんな植物ってあるのか？」

困惑して頭を掻いているゲイルの問いに、ほかの二人は首を振った。

「いいや、どんな文献にもこんな植物の記述は見たことがないな」

「俺もだ。こんな植物があったら、すでに商品として売りさばいてたさ。観賞用としてな」

スヴェンが商人らしい言葉を吐いたとき、それに呼応するように実が落ちる。

その果実は地上に落ちると真ん中でぱっくりと割れた。

その中に何か植物にふさわしくない物が入っている。

「これは――」

おそるおそる割れた実の中を覗きこんだ三人だったが、果実の中にあったにもかかわらず濡《ぬ》れてもいないその物体の正体に、唖然とした。

手紙である。

「『スヴェン様』……『リル・ステイシーより』だあ!?」

読み上げて驚愕《きょうがく》するスヴェンの両隣で、ミハイルとゲイルはあきれたようなため息をついた。

「お前のところの娘、また新たな特技を習得したみたいだな」

「言うな。そもそもあいつを王都に連れ帰ると言ったのはお前だろう」

眉間を揉《も》むゲイルは、遠回しにお前にも責任があるぞと釘《くぎ》を刺す。

果たしてリルは、本当に自分が守る必要があるんだろうか——ミハイルは遠い目をしながらそんなことを考えていた。

3周目　商品とメニューの開発

光月《こうげつ》――三月の終わりに近づいたある日。

「じゃあ、行ってくるからね」

使用人達に声をかけ、私は屋敷の外に出た。

外には旅装を整えたフリオが立っている。

見送りに出てきたアランは不機嫌な顔だ。

王子の学友になる前に何をしていたかを話して以来、アランの機嫌はよろしくない。

「いやあ～楽しみだ」

フリオは豪快に笑っている。やっぱり、何度見ても男爵には見えない。

それなりの格好をすれば、まぁまぁ男前だと思うのだけれど。髭面《ひげづら》ではあるにしても――

「フリオ、もしかしてそれ……」

私はフリオの後ろにあるそれを指さした。

フリオの要望で、私は彼に対して以前の言葉遣いのままだ。

料理などを指導するのに敬語ばかりでは疲れるので、この申し出は正直ありがたかった。

「何って、旅支度に決まってるだろ」

「旅支度って、目的地は王都のはずれだよ？　いくらなんでも多すぎない？」

「お前こそ、レディのくせにその荷物の少なさはなんなんだ？　格好もそっけないし」

私の格好はといえば、学習室の制服さながらのシャツとズボン姿だった。

だって目的が目的なのだから、動きやすくて汚れてもいい格好にしなければならない。

私達はこれから、ディーノの父親が経営する農園に向けて出発しようとしていた。

そこにある作物などをこの目で見て、地球の作物に近いものを探そうと思っているのだ。

たとえばネイのように、市場には出回らないが地球上の作物に似たものが、まだあるかもしれない。

本当は、ヴィサ君に乗せてもらって一人で毎日通おうかと思ったのだが、フリオがどうしても同行したいというので断念した。馬車に乗っていき、しばらく向こうに滞在することになっている。

そのための私の荷物は、大きめのカバン二つ。

対して、自前の馬車いっぱいのフリオの荷物を見せつけられ、私は驚いていた。

いや正しくは、驚いていいのかあきれていいのかわからず、戸惑っていたというべきか。

『こいつ大丈夫か？』

あくびまじりで、ヴィサ君が呟《つぶや》く。

「リル、とにかく気をつけてな。俺は俺で、こちらの方をしっかりやっておくから」

最近めきめき頼もしくなっているアランが、心配そうな笑顔で手を振る。

「うん。大変だと思うけど、侯爵家のことよろしくね」

「ばか。俺は当主だぞ？　お前がいなくたってしっかりやるさ」

そう笑い合って、私達は侯爵家を出発したのだった。


朝早く出発して、昼過ぎにはディーノの実家である農園に到着した。

その規模は思っていた以上に大きくて、農園に入ってから母屋《おもや》に到着するまで、さらに二メニラ——一時間もかかってしまった。

「やっと着いた～」

座りっぱなしで痛みを訴える腰に手を当て、ぐっと伸びをする。

いつも元気なフリオも、さすがに少し疲れた様子だ。

どこまでも続く田畑は、種蒔《ま》きの用意をしていた。小作人達がそこら中で土を耕《たがや》し、肥料を撒《ま》いて土を整えている。

「どうもどうも。リル・ステイシー様。ようこそいらっしゃいました」

私達を最初に出迎えたのは、ディーノによく似た彼の父親だった。彼の後ろに、ディーノとリグダ、もう一人の男性、それに女性二人が待っていてくれる。

手紙ですでに私の事情は伝えてあるので、ルイではなくリルと呼ばれる。

「リル様のおかげで、今はネイの需要がどんどん高まっているのですよ。しかしこんなに可愛らしいお嬢さんだったとは」

「まったくだよ。女だったのなら、最初から言ってくれればよかったのにさ」

「こら、リグダ！」

へらず口を叩いたリグダが、その横にいた彼にそっくりの男性に殴られる。

おそらく父親だろう。

「ま、まあまあ、お父さん。私が黙っていたのは本当ですし……」

慌てて仲裁に入れば、とてつもなく恐縮されてしまった。

「もったいないお言葉です」

どうにも頑固一徹《がんこいってつ》らしいお父さんは、リグダの頭に手をのせ、無理やり下げさせていた。

「あまり、かしこまらないでください。私は侯爵と婚約しただけで、もともとの身分は平民ですから」

「しかし、ステイシー家のお嬢さんとうかがっておりますし……」

「それも養子ですから。今回の滞在中は、ご子息の友人として扱っていただけると助かります。どうぞ、よろしくお願いいたします」

そう言って手を伸ばし、その場にいる全員と握手を交わした。

私達を出迎えてくれたのはリグダとディーノに、その両親を入れた六人だった。兄弟もいるそうだが、そちらは仕事で外に出ているそうだ。

約三年ぶりに見るリグダとディーノは、悪ガキからすっかり青年になっていた。

どちらかといえば線の細かったディーノは日に焼けてたくましくなり、太っていたリグダは驚くほど痩《や》せていた。豚鼻が健在だったのでなんとか見分けがついたが、それがなかったら彼がリグダだとは気づけなかったかもしれない。

「あ……お久しぶりです。リル様」

「ちょっと、普通に話してよ。別にかまわないから」

恐縮した様子のディーノにそう言うと、二人は照れくさそうに笑った。

「手紙を読んで驚いたよ。まさかお前が女で、あのアラン様と婚約するなんてな」

「それも、没落寸前の侯爵家を立て直すために、新しい事業をはじめるって？　糠石鹸《ぬかせっけん》で助けられたから、俺達にできることがあったらなんでも言ってくれよ！」

「ありがとう、二人とも」

『へえ、こいつらも随分変わったな』

何千年も生きるヴィサ君が、感慨深げに言った。

私は心の中で、その発言に大きくうなずく。

騎士団にいた頃、彼らはもっとすさんだ目をしていた。

実家に帰って懸命に働いたことで、彼らにも心境の変化があったみたいだ。

それは、思わず笑いたくなるような嬉しい変化だった。

「それで、そちらの方は……？」

リグダのお父さんにフリオについて聞かれ、私は苦笑する。

子供の私に対してさえ恐縮する彼らに、彼が男爵だとは言いづらい。

しかし紹介しないわけにもいかないので、私は諦めて口を開く。

「この方は――」

「王都で料理人をしております、フリオと申します。よろしくお願いします」

フリオが紹介を遮《さえぎ》り優雅《ゆうが》に腰を折ったので、私は唖然としてしまった。

ちょ、男爵がそんなウソついて、いいの!?

「ああ、そうなのですか。どうぞよろしくお願いいたします」

リグダとディーノのご両親は、にこにこと返礼していた。

今さら『この人、本当は男爵です』なんて言えない雰囲気だ。

私はひきつった笑みを浮かべつつ、ディーノのご両親の案内で母屋《おもや》に入る。

広大な土地を持つ農園の主だけあって、ディーノの家は巨大だった。

まるで貴族の領主城のようだ。二階建ての木造で、家の外を一周するのに一メニラ――三十分はかかりそう。

中に入り、ディーノのお母さんに案内されたのは二階の部屋。

日当たりがよく、木の匂いがする素敵な部屋だ。

素朴だが、ナチュラルテイストの家具は私好みだった。

「隣に小部屋がついてますので、フリオさんはそちらをお使いくださいね」

そう言って、彼女は去っていった。

彼女の足音が遠ざかったのを確認して、フリオに詰め寄る。

「ちょっと！　どうしてあんなこと言ったの」

「だって、貴族だとバレたら、畑を自由に歩けなくなるかもしれないじゃないか」

「だからってっ！」

フリオを怒鳴りつけようとしたそのとき、こんこんとノックの音がした。

「う〜〜っ、どうぞ！」

やってきたのは、リグダとディーノの二人組だ。

「それで、リルは今度は何をするつもりなんだ？」

「新しい石鹸《せっけん》か？　それとも料理か？」

二人――いやフリオも加えた三人の期待に満ちた視線に負け、私はがくりと肩を落としたのだった。


部屋に荷物を置いたあと、私達はリグダとディーノの案内で、広大な農園を見て回る。

ディーノの家は農業と並行して畜産も営んでおり、そちらの区画では大量のアルパカウ――以前見たことのある、牛柄のアルパカ――や、見たことのない動物がたくさん飼育されていた。

まるで動物園みたいで、真面目な目的で来たのに、つい楽しくなってしまう。

「あれは何？」

「あれは、ピーグスだ。お前も肉料理で食べたことあるだろ?」

答えたのはフリオだった。ピーグスは豚に似ているが、前世のそれより胴体が長い。まるでダックスフントのようだ。

これだと、ロースとかヒレ肉がたくさんとれそうだなとか、そんなことを考えた。ちなみに私が好きなのは、とろっとろの豚トロ。つまりは首の部分だ。

「あっちは?」

そこにいたのは、ショッキングピンク色の鳥。ビビット過ぎて衝撃的だ。しかし大きさ形ともに、カモに似ていた。足に水かきもついてるし。

「ああ、あれはカルガーモだな。ネイの田んぼが増えたから、余計な雑草を食べてもらうために増やしたんだ。親子で一列になって、可愛いんだぜ」

リグダがニコニコして言うが、私はひきつった笑みしか返せなかった。

カルガーモって……。ゲームの製作スタッフ、もう全然やる気ないでしょ。間違いなく。

それはともかく、カモがいるなら、フォアグラがとれそう。

「フリオ。あのカルガーモの肝臓で、料理って作れる?」

「カルガーモの肝臓だって? 捌《さば》くときに捨てちまうよ。お前の故郷では食べるのか?」

「肉は食べるけど、俺達も肝臓は食べたことないなー」

首を横に振るフリオとディーノ。

どうやらこの世界では、内臓はあまり食べないみたいだ。

そういえば、ステイシー家の食卓でも見たことないかも。

モツ、おいしいのにね。

といっても、私もその調理法には詳しくないので困った。

食べたことがあるのは鍋か焼肉ぐらいだ。

「しかし、確かに内臓を食べるというのは盲点だった。よし、これから色々試してみるぞ！」

とりあえずフリオが意気込んでいるので、そのあたりは任せることにしよう。

「うん。でも内臓はよく火を通してね。それから、内臓に毒がある動物もいるらしいから、先にラットルに食べさせて、大丈夫か確認してから食べること」

ラットルはネズミによく似た動物だ。繁殖力が強く建物の柱や壁を食べてしまうため、害獣《がいじゅう》として扱われることが多い。

「了解だ！」

フリオはるんるんした様子でメモを取り、どんな調理法を試すか早くも考えているようだ。さっきからあーしてこうしてと、至極楽しげに呟《つぶや》いている。

彼が城での料理人をやめてきたと聞いたときは驚いたけれど、本人が楽しいのならよかったと思う。貴族だから、給金が少なくても生活に困ることはないだろうし。

「それから、このカルガーモをあんまり運動させない状態でエサをたくさん与えて、肝臓に脂肪をつけさせることって可能？　首から下を土に埋めたりすることもあるとか、そうすると肝臓がすごくおいしくなるとか、聞いたことがあるんだけど……」

あくまで人に聞いたベースで話をしたのに、リグダとディーノはそろって暗い顔をした。

「お前って、意外と残酷《ざんこく》なこと考えるのな」

「そんなことした鳥の内臓が本当においしいのか……？」

私も残酷《ざんこく》だとは思うが、美味を求める人間は業《ごう》が深いのだ。

今は、この国の人々が食べたことのない料理をたくさん考えなければいけない。目新しい料理を提供して、料理を食べるためだけにホテルに泊まりたいと思ってもらえるぐらいに。

カルガーモの飼育については専門の小作人にお願いをして、次に私達は食糧庫に向かった。

食糧庫には、たくさんの種類の食糧が保存してあった。

多くの小作人を抱《かか》えているだけあって、その量も尋常ではない。

時の魔導石を使って、ほかの季節に収穫された作物も新鮮な状態で貯蔵されている。

農家には必要な設備なのかもしれないが、おそらくこの食糧庫を作るだけでもかなりの額を費やしたに違いない。

魔導石の中でも時の魔導石は希少で、特に高価だもの。

「ふわあ」

「どうだ？　先代が倉庫を建てたときに、わざわざテイト伯爵を招いて作ってもらったんだ」

ディーノが自慢げに言う。

テイト伯爵ということは、ベサミの先代さんか。

目の前には、紫色の時の魔法粒子《まほうりゅうし》をまとう食材がたくさん。

まるで日本のスーパーマーケットのように並んでいる。しかし地球のものとは違うそれらの食材を見て回りながら、私はなんの料理が作れそうか考える。

ほかにも、フルーツや花を使って化粧品を作りたい。

「あ、そういえば花はないの？」

尋ねると、ディーノは訝《いぶか》しげな顔をした。

「花なんて、あっても食べられないじゃないか」

「いや、それはそうなんだけれど……」

花から精油《せいゆ》を作れればいいなと思っていたので、残念だ。

季節が悪い。一応、光月《こうげつ》――三月は春なのだけど、花が綻《ほころ》ぶにはまだ早い。

腕を組んで難しい顔をしていると、私の視界をラーフラが横切った。

緑色のふわふわしたそれを見て、私はあることを思いつく。

「ディーノ。花の種はあるかな？」

「は？　そりゃ、これから蒔《ま》くために取っておいてあるけど……どうするつもりだ？」

「うーん。ちょっとした実験かな」

そう言って、不可解な顔をする三人を連れて、私達は種があるという貯蔵庫に移動した。

こちらは食糧庫とは異なり、時の流れが操作されていない。

窓がなく半地下の作りになっているので、常に暗くて湿度も気温も一定らしい。

「えーと、このあたりにあるのが花の種だな」

ディーノが指した棚を、貸してもらったランプで照らし出す。

そこには多種多様《たしゅたよう》な色、形の種が綺麗に分別されて保管されていた。

農家にとっては、これから栽培するための大切なものだ。迂闊《うかつ》なことはしないように気をつけないと。

そう思いつつ、なんの種がいいだろうかと考える。

個人的に、今一番欲しいのはあの花の種だ。

棚の中から、くし切りにしたプチトマトみたいな形の種を探す。

するとほどなくして、記憶の中のそれと重なる種が見つかった。

しかし、思っていたよりも少し大きい。

これではプチトマトどころか、くし切りにした小玉スイカだ。

「んー……この大きい種はなんの種？」

私がランプでそれを照らすと、ディーノはそんなことも知らないのかという顔をした。

「今も外に咲いてるじゃないか。それはカルメラだよ」

うーん。私は知らない名前だ。というか、なんだかラーメンが食べたくなる。

しかし今も咲いている花ということで、私は確信した。

まだ寒いこの時期に咲く花は、限られているからだ。

「ディーノ。この種、一つもらってもいい？」

「いいぞ」

「ありがとう。じゃあちょっと、外に出ようか？」

「おい、一体どうするつもりなんだ？」

こらえきれない様子で、リグダが言う。

すっかり立派になったけれど、せっかちなところはあまり変わってないみたい。

「ちょっとした実験かな」

私はそう言いつつ、ふわふわと浮かんでいたまりもを素手で捕獲した。

私達は一旦貯蔵庫を出て、その裏手にある空《あ》き地に場所を移した。

そして先ほどの小玉スイカサイズの種を一粒地面に置き、私はつかんだまりもと目を合わせる。

『ね、お願いだから』

必死に念じるが、ラーフラはおかんむりだ。

『なぜ我《われ》がそんなことをせねばならぬ』

私の手の中で、その緑色の毛をちくちくと尖《とが》らせる。

まりもかと思っていたらウニにもなれるなんて、まったく芸達者な精霊さんだ。

『いーじゃねーか、減るもんじゃなし』

ヴィサ君が空中で伏せをしつつ、どうでもよさそうに言う。

というか、本当にどうでもいいのだろう。だって、こちらを見てすらいない。

『お願い！　ラーフラ、手紙を運んでくれたとき、手のひらの上で植物を成長させたでしょ？　その力を使って、この種を成長させてほしいの』

『我《われ》にさせずとも、己ですればよかろう？』

『私じゃ、力の加減がうまくいかないんだもん』

私は、小姓時代に騎士団の建物を占領してしまったテリシアの花を思い出した。

カノープスに魔導の指導を受けていたときのことだ。ベサミによって細工された魔導ペンを使ったせいで、私は魔力を暴走させてしまった。

本来はささやかな花を咲かせるテリシアは巨木となって、騎士団本部の建物を覆《おお》い尽くしたのだ。

なので今でも、自分で木の魔導を使うのは少し怖い。

『お願いだよ、ラーフラ。あとで油かすをあげるから』

油かすというのは、油分の多い植物から油を搾《しぼ》ったあとにとれるかすのことだ。

肥料として使えるので、この前試しにラーフラにあげてみたら、定期的にそれとなくおねだりしてくるようになった。

誇り高い森の民《たみ》も、やはり植物ということなのか。

油かすで心が動いたのか、ラーフラの毛が元のふわふわに戻った。

不必要になったもので釣るというのは気が引けるが、ラーフラは好きなのだからよしとする。

私の手から這《は》い出したラーフラは、土の上に置いた種の上をゆらゆらとたゆたいはじめた。

「おいリル、いつまでそうしてるつもりだ？」

「早く戻ろう。そろそろ夕食の時間だ」

私のしていることが見えないリグダとディーノは、不可解そうにこちらを見ていた。

精霊が見えない彼らからすると、私はただ立っていただけにしか見えないのだから当然だろう。

フリオだけが、腕を組んで興味深そうに私を見つめていた。

「もうちょっと待ってて！　すぐだから」

彼らに叫び、私も種から少し離れる。

ラーフラは、まるでクラゲが泳ぐように空中を上下していた。ほどなくして、小玉スイカの四分の一ぐらいの種が、ペキリと割れる。

「あ！」

「え？」

上の割れ目からは緑の芽が、下の割れ目からは白い根が生えてきた。

それはまるで映像の早送りのように瞬《また》く間に成長し、小メニラ――五分もしないうちに私の二倍はあろうかという木に成長した。つやつやとした葉を茂らせたその木は、やがて蕾《つぼみ》をつける。みるみるうちに蕾がふくらみ、赤く美しい花が綻《ほころ》ぶ。

これこそ、私が望んでいた植物。

冬から春先にかけて咲く、椿の花だ。

といっても、私の記憶にあるよりかなり大きめだけれど。

『これでいいか？』

「ううん。種が欲しいからもっと」

すると、まりもが意味ありげにこちらに視線を送った――ように見えた。そしてまりもは何かを諦めたようにため息をつく。

そのあと鮮やかな椿の花は枯れ落ち、さらに葉がぐんぐん茂る。

椿の花は冬に咲くけど、種をつけるのは夏から秋にかけてなのだ。

しばらく待っていると、つやつやとした巾着袋のような実をつけた。

それも、記憶にあるものより数倍大きい。

これは期待できそうである。いろんな意味で。

そのとき、実が大きくなっていく様子を前にして、私はあることに気がついた。

「あ！　みんな逃げて！」

木の一番近くにいた私も、急いで離れる。

「え、急にどうしたんだ……？」

「あ！　そうか、やばい！」

ディーノも私と同じ危険性に気づいたようだ。きょとんとするリグダを促《うなが》して走り出した。

慌てて、私達は木から距離を取る。

パアン！

背後で何かのはじける音がした。

「はじまった！」

まるで爆竹が爆《は》ぜるような音が続く。

「う、うわ～！」

リグダが絶叫した。

見れば、彼の足元に見覚えのある種が刺さっている。

そう。椿の実は乾燥するとはじけるのだ。

日本の椿の実は小さいのではじけようが問題ないが、こちらの椿……つまりカルメラは実も花も日本のものの倍以上あるため、はじけると当然こうなる。まるで散弾銃みたいだ。

『ラーフラ、止めて止めて！』

私が叫ぶと、カルメラの成長が止まった。

まりもがふよふよと飛んできて、私の肩にのる。

『疲れた。油かすを所望する』

『あー、うん。あとでいっぱいあげるから』

乾いた笑いをこぼしつつ、彼への成功報酬《ほうしゅう》を請《う》け負った。

リグダ達が呆然と、こちらの様子をうかがっている。

「さあて、次は」

そうして、今度はのんきに空中で眠っていたヴィサ君に視線を合わせる。

殺気を感じたのか、ヴィサ君が飛び起きた。

『リ、リル……？』

私の表情に不穏なものを感じたのだろう。彼はぎこちなく首を傾げた。

視線はヴィサ君から外さずに、私は叫ぶ。

「ディーノ、大きな鍋ってあるかな？　できるだけ底の深いやつ」

「あ、ああ……今取ってくる！」

一体何を言いつけられるのだろうかと、ヴィサ君は肩をびくびくさせている。

ごめんね。別にいじめたいわけじゃなくて、怯《おび》える様子が可愛くて、ついつい威圧しちゃうだけなんだ。

ディーノが運んできたのは、人ひとり入れそうな大きな鍋だった。寸胴《ずんどう》のような、縦に長い円柱の形をしている。

さすが畜産もしている農場なだけあって、こういう専門的な道具には事欠かない。

「でも、こんなの一体どうするんだ？」

フリオとリグダ、ディーノと四人で、カルメラの種を集める。

重さはそれほどでもないが、量がかなりあるので結構重労働だ。

その集めた種を、鍋に入れる。半分ほど入れたところで、鍋がいっぱいになってしまった。

種を少し減らして空間を作り、蓋《ふた》をしっかり閉める。

「じゃあ、この蓋《ふた》をひもで縛って、よーく固定して」

私だと力が不十分なので、そこは三人の男子にお願いした。

その作業の間に、私はヴィサ君にごにょごにょと頼みごとだ。

『——をこうして、——ってできるかな？』

『できなくはないけど、そんなことでいいのか？』

ビクビクしていたヴィサ君は、なんだそんなことかと安心したように請《う》け負った。

「よし、みんな。鍋から離れて～」

作業を終えた三人が、いそいそと鍋から距離を取る。

フリオは何が起こるんだと目をキラキラさせているし、ほかの二人は私のやらかすことに肩をびくつかせていた。

『じゃあ、ヴィサ君。お願い！』

『おう、任せろ！』

ヴィサ君の声に呼応するように、鍋がガタガタと揺れはじめる。

ガタガタガタガタガタガタ。

ディーノ達は不気味そうに鍋を見つめていた。

事情を知らないと、ポルターガイストさながらの光景だ。

やがて鍋が静かになり、ヴィサ君がふうと満足げなため息をこぼした。

『リル、できたぞ～』

そして満面の笑みを見せる。ああ、ヴィサ君は可愛いなあ。

駆《か》け寄ってきたヴィサ君を、わしゃわしゃ撫《な》でてあげる。

「リルー、終わったかー?」

その間に、待ちきれなくなったらしいフリオが鍋に近づいていた。

「あ、うん。ひも解いてもらっていいー?」

彼の早技で、鍋をぐるぐる巻きにしていたひもが、どんどん外されていく。ディーノとリグダも近づいてきて、それを手伝った。

「よーし、とれたぞ!」

そして蓋《ふた》を開け、全員で中を覗きこむ。

中に入っていたのは、粉々に切り刻まれたカルメラの種だ。

私がヴィサ君に頼んだのは、鍋の中にかまいたちを起こしてほしいということだった。

つまり、寸胴《ずんどう》鍋を即席ミキサーにしたのだ。

人間の魔導で同じことをしようとすれば、きっと風は暴走してしまうに違いない。あるいはかまいたちが鍋を切り裂いて爆発していたかも。

風そのものの化身《けしん》であるヴィサ君だからこその絶妙な力加減で成功したとも言える。

ついでに、空気中の水蒸気を集めて、かまいたちによって発生した熱で蒸《む》す行程もやってもらった。そのため、カルメラの種はほかほかだ。

「うわ〜」

「こんな技、見たことないぞ……」

呻《うめ》くように言うリグダとディーノを尻目に、フリオは身を乗り出さんばかりの勢いだ。

「すごいぞリル！　こんなに簡単に物を粉々にできるなんて、厨房《ちゅうぼう》革命だ！」

確かに、料理の面でこの技能はとても有効だ。厨房《ちゅうぼう》革命ってなんだ、と思わなくもないが。

「それで、一体これどうするんだよ？　ただ種が粉々になっただけじゃないか」

首を傾げるディーノに、私は言う。

「ああ、うん。あとはこれを搾《しぼ》るの」

「搾《しぼ》る？」

「そうそう」

私は相槌《あいづち》を打ちつつ、ラーフラに声をかける。

『ラーフラ。油かすあげるから、手伝って』

油かすという単語につられ、緑色のまりもがふよふよと近づいてきた。

『油かす、どこだ？』

『今から作るから協力して。でき立てで新鮮な油かすだよ』

『ふむ、どうすればいい？』

『この粉々になった種を搾《しぼ》りたいんだけど……』

『ふうむ……』

ラーフラは考える素振りをしたあと、突然人の形をとった。

とはいっても、三人には見えていないようだが。

そして肩から足元までの長さがある苔《こけ》のマントを外し、宙に浮かべる。

一体何をするのかと思って見ていたら、マントの中に粉々になった種が自分から飛びこんでいくではないか。

「うわ！　種が勝手に飛んだ!?」

「緑の布にどんどん吸いこまれていくぞ！　リル、一体何をしようってんだよ!?」

そんなこと聞かれたって、私にもわからない。しかもいつの間にマントは見えるようになったんだろう。

しばらくして種の移動が終わると、種をくるんで丸まったマントと空《から》になった寸胴鍋《ずんどう》だけが残った。

ラーフラが何もないところに手を伸ばし、そのまま手のひらを握《にぎ》りこむ。

するとそれと連動するように、マントがみるみる縮んだ。単純に小さくなったのではなく、圧迫されたような縮み方だった。そしてマントはラーフラの握《にぎ》り拳《こぶし》ほどまで小さくなる。

やがて、そのマントからぽたりと琥珀色《こはくいろ》の液体が滴《したた》りはじめる。

ぽたんぽたんと、ゆっくりではあるが着実に。

「うわあ！」

私は歓声を上げて寸胴《ずんどう》鍋に駆《か》け寄った。

宙に浮いたマントからは、絶えず雫《しずく》が滴《したた》り続け、鍋に落ちる。

『あとは、しばらく放っておけばいい』

そう言って、ラーフラはまりもの姿に戻った。

私は三人にラーフラの言葉をそのまま説明し、ディーノの両親が用意してくれているという、晩餐《ばんさん》へと向かった。

＊
✣
＊

翌朝、けっこうな量の液体が寸胴鍋《ずんどう》に溜まっていた。

緑のマントは、まるで石のように硬く小さくなってしまっている。

『わあ、ありがとう、ラーフラ！』

『礼はいいから、油かすをよこせ』

ラーフラはブレない。彼にとって油かすはそれほどいいものらしい。

『はいはい。そのマントの中に、いっぱい出来上がってると思うよ』

『なんだと？』

ラーフラがマントを開くと、そこには油を搾《しぼ》り終わったあとのカルメラの種かす、つまりは油かすが出来上がっていた。

まりもは何も言わないが、心なしか嬉しそうに震えている。

さて、目的を達成したラーフラを尻目に、私達は寸胴《ずんどう》を覗きこんだ。

中に入っているのは、とろっとした、琥珀色《こはくいろ》の液体。

「カルメラの種を搾《しぼ》ったんだから、これはカルメラ油《あぶら》か？」

フリオの質問に、こくりとうなずく。

「そう！　これを女性の髪なんかに塗ると、艶《つや》が出てすっごくいいんだよ」

「へえ……」

リグダとディーノは信じられないというように目を丸くしていた。

食材として使うのではないと知ったフリオは、少し残念そうだ。

とにかく出来上がったカルメラ油《あぶら》をビンに詰め、あとで商品開発に使えるようにしておく。

ほかに美容にいい天然成分といえば、ハチミツや豆乳なんかを手に入れたいな。どちらも肌をなめらかにするし、美白効果もある。

でも、それらは誰に聞いても首を傾げるばかり。

結局、ハチではなくクモの集めたクモミツと、いつも牛乳のかわりに使っているメレギの搾《しぼ》り汁をそれぞれの代用品にすることにした。

詳しい検証は侯爵家に戻ってからにするが、これらの材料でどんな美容品が出来上がるのか。今から楽しみだ。

そうして、私とフリオの滞在日程はあっという間に過ぎていった。

それは最終日のこと。

私達の帰宅を惜しんでくれて、その日の食卓は豪華だった。

農園や牧場でとれた食材をふんだんに使った、素朴だがおいしい料理がたくさん提供される。

何かの肉を焼いたステーキや、ビビットな色なのになぜか懐《なつ》かしい味のスープ。見たこともない魚のパイに、その上にのせられたプルプルする煮物《にもの》。

同席しているのは、ディーノの家族とリグダの家族だ。

初日に会えなかった彼らの兄弟も、顔をそろえての大所帯になった。

私とフリオは次々に飲み物や食べ物をすすめられる。

今回の農園訪問は、大成功だった。

たくさんの可能性を秘めた食材や美容品の材料を手に入れることができたし、商人を介さずに農園から直接食材を買いつける契約も交わすことができた。しかも、彼らは新商品の開発についても最大限の協力をすると請《う》け負ってくれた。

なんでも例の糠石鹸《ぬかせっけん》が売れたことで、石鹸《せっけん》工房にも農園にも多大な利益があったのだそうだ。

おかげで一家離散《いっかりさん》を免《まぬか》れたと、彼らはかなり恩義を感じてくれているらしい。

成功するかわからない思いつきだったのだけれど、そうやって助かった人がいるのなら、よかったなと思う。

さっそく、今回の滞在中に提案したいくつかの美容品の試作品も、石鹸《せっけん》工房の方に量産をお願いしている。

元々石鹸《せっけん》工房には圧搾機《あっさくき》なども用意されているので、色々と好都合なのだ。

試作品を商品として売るとなったら、量産できなければ話にならないのだし。

気心の知れた相手の工房なら、不安なく任せることができる。

本当に人とのつながりというのは、どこでどんな風に生きてくるかわからない。

不思議な縁だと思いつつ、私達は嬉しい気持ちで杯《さかずき》を重ねた。

もちろん、お酒ではなくジュースだけどね。

そのとき、他人に見えないのをいいことに、テーブルの上で料理を物色していたヴィサ君が、くいくいと私の服の袖を引いた。

『どうしたの？　ヴィサ君』

一度料理に夢中になったヴィサ君がこんな風に寄ってくるのは、珍しい。

『なあ、リル。あれってなんだ？　なんでぶよぶよしてるんだ？』

ヴィサ君が指し示したのは、プルプルとした魚の煮物《にもの》らしき料理だった。

確かに、見たことのない料理だ。

私は隣に座るフリオの服の袖を引いた。

「ん？　なんだ？」

「ねえ、フリオ。あの料理って何かな？　魚、だよね？」

「お？」

フリオは尋ねられた料理を見て、おかしそうに顔を綻《ほころ》ばせた。

「ありゃ、アスピックだな」

「アスピック？」

「ああ。魚や肉を骨ごと煮込《にこ》んで、それを冷やして固めるんだ。ぷるぷるしてうまいぞ」

フリオは何気なく言いながら、ビビットカラーのスープをすくって口に入れていた。

私はといえば、彼の言葉がなぜか引っかかって仕方ない。

フリオの説明によると、アスピックという料理は日本でいう煮凝《にこご》りみたいなものらしい。

煮凝《にこご》りということは、つまりゼラチン質ということだ。

この世界でゼラチンに出会ったのは、はじめてだった。

ゼラチンは、元はといえばコラーゲン。美容品に欠かせない成分の登場に、私のテンションは一気に上がった。

「あの、このお魚はどこで獲れたものですか？」

「ああ、お恥ずかしい話ですが、灌漑《かんがい》用《よう》の池に大量繁殖してしまったんです。少しでも捕獲して減らそうとしている最中なのですよ」

ディーノの父が、恐縮しながら言う。

大量にいるというのなら好都合だ。

私は立ち上がり、テーブルに手のひらをついた。

「申し訳ありませんが、滞在を一日延期させてください。明日、その魚のいる池まで連れていってもらえませんか!?」

身を乗り出した私に、食卓の視線が集中した。

しかし私はそれよりも、今浮かんできた思いつきを試したくて、頭がいっぱいになってしまっていたのだった。

翌日、ディーノとリグダに連れていってもらった池は、湖と呼んでも差し支えないほど広大なものだった。

「昨日の魚は、突然変異で発生した新種が大量に繁殖したか、誰かがどこかから連れてきて放流したんじゃないかって話なんだ。繁殖力が強くて食欲も旺盛《おうせい》だから、もともとこの湖で獲れてた魚は、ほとんど食べられてしまったんだよ」

説明するディーノの表情は渋い。

それにしても、この世界でも外来魚が問題になっているなんて、正直意外だ。

「じゃあ、本当にいくら捕まえてもいいんだね？」

「それはかまわないけど、一体どうするつもりなんだ？　食べるにしたって限界があるだろ？」

「まあまあ。釣れたらやってみせるから」

そう言って、四人全員で池に針のついた釣り竿《ざお》の糸をたらした。エサは虫だ。

こればっかりは苦手なので、フリオに私の分もつけてもらった。

ほどなくしてフリオの竿《さお》に当たりがきた。ほかの二人もすぐにそれに続く。

私だけ、当たりが来ない。

うう——釣りがメインで来たわけじゃないから、別にいいけど！

釣れた魚はどれも大物だった。

異常繁殖する外来魚は、なんとなくブラックバスっぽい見た目だ。

私はもう釣ることを諦めて、ほかの三人が釣った魚の解体に徹することにした。

魚を釣れるだけ釣る傍《かたわ》ら、同時進行で解体していく。

解体といっても三枚におろすとかじゃなくて、肉と骨、それに鱗《うろこ》を分けるのだ。はらわたと浮袋《うきぶくろ》は、切り取って捨ててしまう。川魚の臭い部分はここですからね。

私が作業していると、山にしておいたはらわたをヴィサ君がいじっていた。

『食べちゃダメだよ！　お腹壊すから』

『た、食べねーよ！　俺は精霊だぞ！』

そう言いつつ、なんでちょっと残念そうなの、ヴィサ君ってば。

それはともかくとして、私の目的は骨と鱗《うろこ》だ。肉の方は、フリオに調理してもらって農場の人達に食べてもらうとしよう。今までの滞在のお礼にもなって一石二鳥《いっせきにちょう》だ。

「おい、そんなに丁寧に鱗《うろこ》と骨を集めて、一体どうするつもりなんだ」

不思議そうにリグダに尋ねられたが、今はあいまいに笑ってごまかすしかなかった。

だって成功するかどうかは、まだわからないのだから。

しばらくして、釣りと魚の下処理を終えた私達は、母屋《おもや》まで戻る。

しかし中には入らず、外の適当な場所にかまどを組んだ。適当な場所っていっても、水場が近くて燃えるもののない、適した場所という意味だ。

そしてかまどは空気孔を作るなんてことも考えずにただ石を組んで、そこに火のペンタクルを刻む。すると即席コンロの出来上がりだ。

これなら火事の危険は少ないし、扱いやすい。

うっかり触れるとやけどしてしまうので、注意は必要だが。

そしてカルメラ油《あぶら》を作ったときに使った寸胴鍋《ずんどう》に、よく洗った骨と鱗《うろこ》を投入し、水で長時間煮《に》る。寸胴《ずんどう》にはあらかじめ時のペンタクルを描いておいたので、かかる時間を短縮できるはず。

本当は何時間も煮込《にこ》まなくてはならないのだけれど、一メニラ――三十分ほどで望む反応が現れた。油のような液体が浮き出てくる。

骨や鱗《うろこ》の中のコラーゲンが抽出されて、ゼラチン液ができてきているのだ。

充分に出きったところで火から下ろし、冷えて固まってしまわないよう注意しながら濾過《ろか》して、不純物を取り除く。

あとは溶け出たゼラチン質を冷やし固めて乾燥させ、それを粉々にする。

こうすることでなんちゃって粉ゼラチンの完成だ。

それらの作業がすべて終わるころには、日もすっかり傾いていた。

大量の粉ゼラチンが手に入り、私としてはホクホクだ。これを使って色々作るぞーと楽しみで、テンションが上がってしょうがない。

こうして、農園での時間はとても有意義に過ぎていったのだった。

＊ ✣ ＊

当初の日程から少々オーバーし、十日で王都に戻った私は、メリス侯爵家ではなくステイシー家へと向かう。

馬車での往復はつらかった。なので今はゆっくり休みたい。

門をくぐるとそこにはささやかな庭園が広がる。春の花の匂いが鼻孔をくすぐった。

忙しくしている間に黄月《おうげつ》――四月の中旬に近づき、いつの間にか春になっていたのだ。

久しぶりにステイシー家の門をくぐると、『ああ、帰ってきたんだなあ』という安堵《あんど》が胸に広がった。

私の中で、この世界での家はここであるらしい。

六歳まではあちらこちらを流転《るてん》する忙しい人生だった。そして今も決して暇になったわけではないが――実家という心のよりどころがあるのは、心強いものだ。

農園での収穫は上々。これで当初想定していたよりも、色々な種類の料理をホテルで提供することができそうだ。

駆《か》け寄ってきたフットマンに馬車からの荷物の積み下ろしを頼み、出迎えてくれた家令であるスタンレーに挨拶してから、私は久しぶりに自室へ入った。メイドの助けを借りて旅の汚れを落とし、まずはミーシャの部屋を訪ねる。

ミーシャの顔色がよくて、私は安心した。今日は随分調子がいいようだ。

そんな彼女には、家を長く空《あ》けすぎだとこってり叱られてしまう。私は神妙な顔をして話を聞きながらも、内心でそれを喜んでいた。

家に帰らなくて怒られるというのは、どうしてこんなにも心地いいのだろう？

そのあと、私はミーシャと一緒に居間で夕食を取った。ミーシャは笑顔で、私が不在の間にステイシー家で起きた様々な出来事を、私に語って聞かせた。

大半は楽しい話題だったのだけど、その中の一つの話が、私の心を深くえぐったのだった——


私が自室に戻ると、そこにはミーシャに聞いた通り、白い獣《けもの》が大人しく伏せてふりふりとしっぽを振っていた。

さっき着替えをしたときには慌てていて、あまりかまってやれなかったのだ。

私が彼に手を差し伸べると、白い獣《けもの》——もといアオボシは立ち上がり、跳ねるように私のもとへやってきた。

その体を受け止め、ぎゅっと抱きしめる。

左右に振られる、白いしっぽ。

ミーシャの話通り、そこには大きなハゲができていた。

思っていたよりも、その範囲が広い。ふさふさだったしっぽは、半分近くの毛がなくなっていて、哀《あわ》れな皮膚を晒《さら》している。

「……ヴィサ君。ちょっと外してもらってもいい？」

私がどうにかそう言うと、ヴィサ君は黙って部屋を出ていった。ふよふよと空中を漂《ただよ》っていたまりもを口に咥《くわ》えて。

ありがとうヴィサ君。でも、そのまりもを呑みこんじゃだめだよ。お腹壊しちゃうかもしれないからね。

アオボシのふわふわのヒゲを撫《な》でるたび、しっぽを振る勢いが増す。

スピッツ特有の笑っているような顔だ。

私は大人しくて従順なアオボシの体に、顔を埋《うず》めた。

「う……っ、ふ……っ」

心が、痛い。

出会ったばかりの、こんなにどうしようもない飼い主を慕ってくれるアオボシが、つらかった。

アオボシのハゲは、きっとストレスが原因だろう。

前世の飼い犬である青星が、そうだった。

私が忙しくてあまりかまってあげられないと、いつの間にか自分でしっぽの毛を抜いてしまう。

すわ病気かと慌てて動物病院に連れていったら、皮膚に炎症がないのでストレスで自ら抜いたのだろうと言われた。

泣きたくなった。私のせいだ。犬だって、かまってもらえなかったら寂しいだろう。

そうして前世の記憶を辿《たど》っていると、余計につらくなった。

「どうしてこんなに、似てるんだろうね？　あなたは〝青星〟じゃないのに」

語りかけても、アオボシは何がなんだかわからないという顔でしっぽを振るばかりだ。

その一途さが、私にはつらい。

本当は、農園にアオボシを連れていくこともできた。出会った当初からなぜか私に懐《なつ》いてくれている彼のことを考えれば、そうすべきだったのかもしれない。

しかし、私はあえてその選択肢を考えないようにしていた。

なぜならその頃にはもう、私はアオボシと一緒にいるのがつらくなっていたからだ。

アオボシは可愛い。白くてふわふわで、黒くてつぶらな瞳を持ち、無邪気に私に懐《なつ》いてくれている。

でもその姿が、あまりに〝青星〟に似ていて、私はアオボシを見れば見るほど悲しくなった。

はじめは何も考えずアオボシを連れ帰ったのだ。

なのに、一緒に暮らす日々が長くなるにつれて、アオボシが〝青星〟に似すぎていて、私はどんどんつらくなっていった。

――青星は、どうしただろう。私が死んだあと、寂しがってはいないだろうか？

それは、あちらの世界に青星を置いてきてしまったことへの後悔だ。

私が死ぬ前、すでに十歳を越していた彼は、もう以前のような元気を失っていた。

私は心のどこかで、青星が死んだときのことをいつも考えていた。

ペットを飼うというのはそういうことだと、私は思っている。どんなに愛していても、必ず彼らは先に死んでしまう。人とは生きる時間が違うのだから。

私が死んだ世界で、果たして彼はどうしただろう？

突然いなくなった私のことを、一体どう思っただろうか。

「ごめんなさいっ」

今ここにいるアオボシに向けて、私は言った。

「あなたといるのが、つらいの……あなたは〝青星〟じゃないのに、重ねてしまうの。……私は〝青星〟を看取《みと》ってやれなかった。あんなに一緒にいたのに。あんなにたくさん慰《なぐさ》めてもらったのに！」

感情が溢《あふ》れ出して止まらない。

こちらの世界に来て、生きることに必死すぎて、あまり考えていなかった。いや、考えないようにしていた。

私はあの世界に、青星を置き去りにしたのだ。

そんな私がこの世界で身代わりとしてアオボシを可愛がろうなんて、許されるはずがなかった。


アオボシに縋《すが》りつきながら、泣き疲れて眠ってしまったらしい。目覚めると、アオボシは姿を消していた。

私は必死になって、その白く愛らしい姿を探した。

いつも寝そべっていた庭の木陰。穴を掘るのが好きだった裏庭。仲良くしていた侍女の部屋。隠れてお肉をもらっていた厨房《ちゅうぼう》の裏。私の部屋のカーテンの後ろ。

そのどこを探しても、アオボシの姿はなかった。

自分が身勝手なのは、わかっている。

無責任に拾ってきて、けれど自分がつらいからとあまりそばにいなかった。

ほかに面倒を見てくれる人が屋敷にたくさんいることに甘えて、私はこのひと月ほど、アオボシと正面から向き合わなかった。

賢くて愛らしいアオボシ。私の姿を見つけるとしっぽを振って駆《か》けてきた。何も知らないようなつぶらな目も、慰《なぐさ》めるみたいにぺろぺろと舐《な》めてくれる薄い舌も愛《いと》おしい。

そんなアオボシがいなくなって、私はパニックになり、眠りもせず駆《か》けずり回った。

けれど見つからず、ステイシー邸とその周辺を探しつくした私は、ヴィサ君とラーフラにアオボシの捜索を頼み、ひたすら仕事に打ちこんだ。

誰もが私を心配し、少しは休めと、見ていられないと言ったが、私はそれらに耳を貸さなかった。

隈《くま》を浮かべた九歳児が大人用の執務机にかじりつく様《さま》は、さぞ滑稽《こっけい》だっただろう。

しかし私は、目を閉じれば絶え間なく襲ってくる罪悪感から逃れるのに、必死だったのだ。

ヴィサ君からもラーフラからもアオボシの情報を得られないまま、黄月《おうげつ》——四月の半ばとなった。

ホテルの開業を翌月、緑月《りょくげつ》のはじめにしようと考えていたので、残り半月を切った計算になる。

忙しさはさらに極まり、私に考えこんでいる暇はなかった。

それが逆によかったのだと思う。

そうでなければ、もう立っていることすらできなかっただろう。

アランは私が農園に行ったあと、領地へと旅立っていた。

アランとの話し合いの結果、メリス侯爵領では今後、ポッテ——じゃがいもの生産を奨励していこうと決めた。今年から二年間に限っては、農民のみ、税金をポッテで納めてもらうことにするのだ。

これには色々と目的がある。まずは地の底まで落ちた侯爵家のイメージを回復すること。農民が主であるメリス侯爵領では、金銭よりも作物の方が納めやすく、価格的にもだいぶ少なくて済む。

また、ポッテは非常に育てやすく、たとえば畑の片隅にでも植えておけば、ろくに世話をしなくても短い期間で収穫することができる。働き手のいない家庭だったとしても、ポッテならば子供の手でも容易に育てられるはず。

ただ、ポッテはその性質上連作障害を起こす。同じ野菜を同じ場所で続けて栽培すると、病気にかかりやすくなったり育ちにくくなったりするのだ。だから何年もこの制度を持続することはできないが、一時的な策としては有効だろう。

お金を稼《かせ》がなければいけないのに、貴重な現金収入である税金の一部を放棄するのは勇気が必要だった。

でもこの案にはどちらかといえば、アランの方が乗り気だった。山のような陳情書《ちんじょうしょ》を読み終えて、彼にも思うところが多々あったらしい。

しかしもちろん、農民を助けるためだけにポッテを奨励するわけではなかった。

実は、私が城で片栗粉《かたくりこ》やポッテのフライを作って以降、王都ではじわじわとポッテの需要が伸びつつあるのだ。

しかし元々ポッテはそれほど人気のある食材ではなく生産量は多くなかったので、このままだと供給量が足りなくなることは目に見えていた。

事実、最近市場ではその姿を見かけなくなりつつある。貴族達が買い占めているせいだ。

さて、ではポッテが市場から消えたら何が起こるか。

簡単だ。価格の高騰である。

短い期間で簡単に収穫できるとはいえ、ポッテを今から大規模に作るとなれば、ある程度の準備も必要だ。

それに、この世界では輸送費も輸送時間も馬鹿にならない。聖教会の移動ペンタクルを使えばどれほど大量の荷物でも移動自体は容易なのだが、お布施《ふせ》として請求される金額を払ったら、おそらくポッテでの儲《もう》けなど軽く吹き飛んでしまうことだろう。

なので王都のポッテ不足は、私の予想では最低でも今年いっぱいは続きそうな見込みなのだった。

ちなみに、私は輸送時間とその費用を節約するため、今年一年限定でヴィサ君に眷属《けんぞく》を貸し出してもらうつもりでいる。

足の速い風の精霊に、メリス侯爵領から王都までポッテを運んでもらうのだ。しかも精霊はお金には興味がないので、輸送費ゼロ。

なんて素敵な響きだろう。

『誇り高い我《わ》が一族がなんちゃら……』とヴィサ君はぶつくさ言っていたが、その王である彼自身が私と契約しちゃったわけだから、もう諦めてとしか言いようがないのだった。

また、ホテルの料理にもポッテを多用しようと日夜研究中である。ポッテブームが長引けば長引くだけ領地は潤《うるお》うのだから、お客様にはぜひ食べていただきたい。

片栗粉《かたくりこ》を使って麻婆《マーボー》豆腐モドキを作ってもいいし、あんかけ焼きそばも食べたい。こちらにはあまりとろみのある料理がないから、まずは目新しさで勝負だ。ちなみに、豆腐はこの世界にないので代用品を検討中である。

あとは、基本に立ち返ってポテトサラダにポテトフライ。さらにはスパニッシュオムレツにハッシュドポテト、ヴィシソワーズ！　ニョッキも作りたい、というか私が食べたい。

主食は基本パン食で、料理もシンプルな煮込《にこ》み料理が多いここメイユーズ国の料理業界で、私はやりたい放題だ。しかし日本料理を作るには足りない食材も多いので、ディーノには引き続きがんばって食材を探してもらわなければ。

フリオには、ほかの料理人の確保をお願いし、その上でさらに、レヴィの伝手《つて》で集まった子供達に料理の基本を叩きこんでもらったりもしている。

お言葉に甘えて盛大にこき使わせてもらっているのだが、フリオはなんだかイキイキしているので、これでいいのだろう。多分。

同時進行でリグダとは手紙のやり取りをしつつ、新たな石鹸《せっけん》や美容品などの商品作りを行《おこな》ってもらっていた。

この間搾《しぼ》ったカルメラ油《あぶら》のほかにも、いくつかの油から美容に効果のありそうなものを選んでもらっている。

色々な種類の種から油を抽出しては、その油をリグダの母親に試してもらっているという。あの家族にはほんとに頭が上がらないな。

ホテルの方が一段落したら、今度は純粋に遊びに行きたい。お土産でも持って。

あとは試験的に花や果皮《かひ》を蒸留《じょうりゅう》して、精油《せいゆ》――つまりは、エッセンシャルオイルを作ってもらっている。

といっても私も専門の知識があるわけじゃないので、その辺は以前と同様、試行錯誤《しこうさくご》だ。

前世の世界とこちらの世界共通の動物である馬さんからは、申し訳ないが馬油《バーユ》を調達したいと考えている。

前世では幼い頃からアトピーの気《け》があった私だが、馬油《バーユ》には何度も助けられてきた。人によって相性はあるにしても、その効用は間違いない。肌に塗ってもいいし、髪に塗ってもいい。

ついでに桜肉も食べたいのだけど、この世界では馬を食べる習慣がないので、それは厳しいかもしれない。

確認したところ、働けなくなった馬は処理され、まとめて土葬、あるいは火葬されるのが普通なのだそうだ。食肉を試すときは解体された馬を買い取りたいが、事業にするときは話が変わる。できれば別に処分業者を立ち上げて、処分を希望する側からも利益を得たい。

馬は大型の家畜なので、世話したり処分したりするのが、ほかの家畜よりも若干手間なのだ。

そちらの需要もきっとあるはず。

そんな生臭いことを考えながら、私は眠気というよりは貧血のときに似た眩暈《めまい》に襲われ、テーブルに突っ伏した。ぎりぎりまで働き、こうして落ちるように眠る。

それしか、今の私には毎日をやり過ごす方法がないのだ。

＊　❖　＊

王城内で仕事の虫と囁《ささや》かれるカノープスが急な呼び出しを受けたのは、夜半過ぎのことだった。

ひと月以上も眠り続ける彼の叔父《おじ》――シリウスに異変があったという。

急いで魔導省のある棟に入り、カノープスは最上階にある彼の部屋へと向かった。

国の守護者と呼ばれるエルフであるシリウスが眠り続けていることは、ごく一部の人間を除いて絶対の秘密とされている。

シリウスが眠りについて以来、彼の眠る私室には常に誰かしらが常駐し、異変はないかと見守り続けてきた。

その事実を知る者は誰しも彼の目覚めを願っているし、この話が外に漏《も》れることを恐怖してもいた。

メイユーズは建国以来、彼の存在によって守られてきた国だ。

地上で唯一《ゆいいつ》のエルフである彼を損なえば、他国からどのような干渉を受けるかわからない。

カノープスが足早にその部屋に駆《か》けこむと、すでにシリウスの部下である魔導省の職員が幾人か集まっていた。煌々《こうこう》と光る明かりのもと、その人は衰《おとろ》えることもなく白皙《はくせき》の美貌《びぼう》のまま、寝台に横たわっている。

しかしそこに、ベサミの姿はない。

「ベサミは？」

咄嗟《とっさ》に、カノープスはそう口にしていた。

シリウスにもしものことがあった場合、彼が使う時の魔導に頼ることになるかもしれないからだ。

職員の一人が、カノープスに向かって首を横に振った。

「ベサミ様は城下の自宅にお戻りになっておられます」

「急ぎ、呼び出せ」

あまり騒ぎを大きくすべきではないと考えたのだろう。答えた職員の顔には困惑の表情が張りついている。

しかしカノープスはかまわず、冷たい声で指示を飛ばす。

「今すぐだ」

もしも本当に何かがあったとしたら――彼がいないと困るのだ。

「それで、何があった」

声をかけた職員が部屋を出たのを確認して、カノープスはシリウスの眠る寝台へと近づいた。

このひと月の間、何度も見た光景だ。

相変わらず、部屋の主は深い眠りの中にあった。容態が急変したわけではないらしい。

とりあえずその姿を見て、カノープスは安堵《あんど》の息をついた。

「それが……」

困惑もあらわに、一人が口を開く。

しかしカノープスの疑問に答えたのは、別の人物だった。

「涙を、流しておられるのです」

カノープスは声の主を見る。

シリウスの枕元に立っているのは、代々シリウスの世話役をしているマクレイン家当主、ユーガン・マクレインだった。

老齢で隠居《いんきょ》間近と噂《うわさ》されている彼だが、未《いま》だに現役を続けている。彼の顔には疲労の色が濃く浮かんでいた。

彼の言葉を確認するようにカノープスがその白い顔に視線を落とせば、確かにシリウスの目からは透明な液体がこぼれている。

「エルフである長官が泣いた——というのは、過去の記録にはないことでございます」

どこか呆然とした様子で呟《つぶや》くユーガンの言葉を聞きながら、カノープスはおそらくその部屋にいる誰よりも深い驚きを感じていた。

己の正体を隠してはいるが、最強のエルフである叔父《おじ》を追って地上に降りてきたカノープスもまた、エルフである。

しかしエルフが涙を流すなど、同族である彼も聞いたことがない。

人のように感情の起伏を持たず、何もかもを淡々と処理するのが、天界に住むエルフという種族だ。

この叔父《おじ》は確かにその規格からかなり外れてはいたが——だからと言って、まさかエルフが泣くとは。

カノープスは冷たい表情を浮かべているものの、内心は混乱と驚きを抑えきれなかった。

「……これは、いつから？」

「側付きの者が気づいたのは、少し前でございます。それ以来、絶え間なく流れ続けているようで……」

いくら拭《ぬぐ》っても止まらないと、ユーガンが小声でつけ加えた。

憔悴《しょうすい》した彼の表情に、カノープスは重苦しい感情を抱いた。

「嘆《なげ》いていらっしゃるのでしょうか」

ユーガンはぽつりと呟《つぶや》く。

部屋の中に沈黙が広がる。

——これは、エルフの長老に知らせるべきかもしれない。

いよいよその選択肢を選ぶべきかと、カノープスは頭を悩ませた。

もう何百年もの間、天界とは没交渉のシリウスである。

彼が目覚めたときやそのあとのことを考え、今まではそうすべきではないと思ってきたが、事情が変わった。

過去に涙を流したエルフなどいたのか。

二百を超えているとはいえ、エルフの中では新参のカノープスでは、この事態にうまく対処できそうにない。

カノープスが沈黙の中でそう考えを巡《めぐ》らしていたときだった。

部屋の空気が、ざわりと揺らめく。

何事かと思い周囲を見回したら、誰もがシリウスの顔を注視していた。

カノープスがそれにつられて視線を落とすと、二つの宝玉《ほうぎょく》と目が合う。

シリウスの目が開いている。——目覚めたのだ。

「シリウス様！」

ユーガンはこらえきれないといった風に声を上げ、緊張の糸が切れたようによぼよぼと座りこんだ。

職員達が駆《か》け寄り、シリウスの上半身を助け起こす。

シリウスは今まで眠っていたのが嘘みたいに、いつもと変わらない様子だった。

ただその涙だけは、今も止まらず道筋を変えて、今度は頬を伝ってゆく。

「みな、部屋を出てくれ。カノープス以外は」

寝起きの第一声がそれである。

誰しもが面食らったが、『長官の命令第一』が叩きこまれている部下達は、シリウスを気にしつつも迅速《じんそく》に部屋を出ていった。足に力の入らないユーガンに、そのうちの一人が肩を貸す。

「ユーガン、心配をかけたな」

部屋を立ち去る間際、老いた背中にシリウスが声をかけた。

「あなたに振り回されるのは、もう慣れております」

ユーガンはどこか安心したようにそう言って、部屋を出た。

カノープス以外の人間が立ち去ると、部屋は再び静寂を取り戻す。

カノープスはシリウスと視線を合わせるために、傍《かたわ》らにあった椅子に腰かけた。

「それで、一体どうなさったのですか？　叔父上《おじうえ》」

カノープスがため息まじりに尋ねたのも、無理からぬことだ。

ここひと月、シリウスのせいで様々な心労を味わったのだから。

しかしシリウスは答えず、静かに己の頬に触れていた。

「涙を流すエルフなど聞いたことがありません。また新しい術でもお試しになったのですか？」

カノープスの問いには答えず、シリウスは濡《ぬ》れた指先をじっと見つめている。まるで涙を流したことが信じられない、とでもいうように。

「これが、泣くということなのか……」

シリウスの声には、どこか驚きの響きがあった。

その静かな反応に戸惑い、カノープスは息をひそめる。

たっぷりの空白を置いて、シリウスが口を開いた。

「不思議だな、カノープス」

「なにが、ですか？」

「人は悲しいときに涙を流すのだと思っていた。〝涙〟とはそういうものなのだろうと、思っていた」

エルフにとっては、人の激しい感情表現こそが謎なのだ。涙を流すときに抱いている感情がどんなものであるかなど、当然彼らは知らない。

だからシリウスの言葉は、カノープスにとってもうなずけるものであった。

しかし続く言葉はより一層、カノープスを困惑させる。

「だが、私は今悲しいわけではない。ただ——満たされているのだ。深く」

感慨深げに、シリウスが言った。その目はどこか遠くを見ている。

「誰かを悲しませて嬉しいと思うことがあるなど、知らなかった……」

涙も拭《ぬぐ》わず、しかしシリウスは薄く微笑んだ。

その複雑な表情の変化に、カノープスは改めて息を呑む。

「カノープス。近く、名が変わるぞ」

なんでもないことのように、シリウスはそう言った。

「な……にを馬鹿な」

カノープスは驚き、普段は叔父《おじ》に向けている取り繕《つくろ》った顔を忘れてしまう。

名が変わる。それは、エルフ内での序列が変化することを意味する。

エルフの上位十二名までは、代々古き名前を受け継ぐしきたりだ。

シリウス、カノープス、リギル、アークトゥルス、ベガ、カペラ、リゲル、プロキオン、ベテルギウス、アケルナル、ハダル、アルタイルがそれに当たる。それ以下の者には名前すらない。

なので己より上位の者の力が弱まるか死ぬかすると序列が変わり、より上位の名を名乗るようになる。

エルフは人と違い、個体差に注視しない。一人が失われたときは、同等の力を持つほかの者が穴を埋めればいいと考える。いなくなる者に対する感傷自体が希薄なのだ。大体、エルフの寿命は気が遠くなるほどに長い。なので上位のエルフが名を変えることなど、本当にそうそうあることではない――はずだった。

カノープスの名が変わるのは、己がシリウスを抜いたときか、あるいは誰かしら下位の者に追い抜かされたときだけだ。

しかし今のところ、己より下位のリギルはカノープスより年長の長老と呼ばれる存在であり、力量で抜かされるとは考えづらい。

つまりシリウスは、己の死か力の急激な衰《おとろ》えを示唆《しさ》したことになる。

カノープスが驚くのも当然であった。

「それほどに、体調がお悪いのですか？　一体どうなさったんです」

カノープスは眼鏡の縁《ふち》に触れ、己を落ち着かせつつ言葉を投げる。

急に寝ついて目覚めぬと思ったら、今度は起きた途端にこれだ。振り回されている。

「尋ねなければ、わからぬというわけでもあるまい？　もう、お前にも視《み》えるはずだ」

落ち着いた調子で、シリウスが言う。

一体なんのことだと思いつつ、カノープスは眼鏡を外した。

その眼鏡は普段視《み》えすぎるものを抑制する効果を持つ魔導具だ。天界と違い、様々な属性の魔力が入り乱れる地上の視界は、常に煩《うるさ》い。

カノープスの黒い切れ長の目に、星のような無数の光が映る。

そして彼は、言葉を失くした。

目の前にいるはずの叔父《おじ》が、黒く汚《けが》らわしい闇の魔法粒子《まほうりゅうし》に取り囲まれて、視《み》えないではないか。

カノープスが慌てて眼鏡をかけると、そこには白い白皙《はくせき》の青年が何事もなかったように微笑んでいる。

眼鏡を外してはかけ、カノープスは幾度かその行為を繰り返した。

そして知る。黒い文様のある右肩から、まるで生まれ出た羽虫のように闇が噴き出しているのだと。

「どうしてこのようになるまで放っておいたのです！　これは……呪《のろ》いだ」

あの黒い文様を見た瞬間から、嫌な予感はあった。

しかしここにきて、それがはっきりとカノープスの中で像を結んだ。

シリウスの身には、闇の呪《のろ》いがかけられている。

おそらく、今まではシリウス自身が隠していたに違いない。そうでなければ、いくら眼鏡をかけているとはいえ、カノープスでもその異変に気づいただろう。

——隠していたのなら、なぜ、今知らせる？

カノープスの思考が、めまぐるしく展開する。そしてその考えは、すぐに望ましくない推論に辿《たど》りつく。

「もう、隠してはおけぬと？」

カノープスの問いかけに、シリウスはさして感慨もなさそうにこくりとうなずいた。

己で導き出した答えとはいえ、肯定されたカノープスは衝撃に襲われる。

エルフの中でも最強のシリウスが、その身にかけられた呪《のろ》いを解くどころか、もう隠すこともできぬという。

だとすれば、彼がその呪《のろ》いに呑みこまれる日もそう遠くない。彼はそれほどまでに、力を失っているということなのだから。

「なぜ……」

なぜ、それを放って眠りについた？

事前に言ってくれていれば、カノープスが対処することだってできたはずだ。

このひと月の間、彼をただ眠らせてしまった己に腹が立つ。

シリウスが眠りという無抵抗な状態にある間、この呪《のろ》いはやすやすと彼を蝕《むしば》んだことだろう。だから彼は、隠す術《すべ》すら失ったのだ。

唖然とするカノープスを見ながら、シリウスは己の右の甲を撫《な》でた。見れば、そこにまであの文様が広がっている。

「この呪《のろ》いは、私を呪《のろ》ったものではない。この国にかけられた呪詛《じゅそ》なのだ」

シリウスの顔には、どこか慈《いつく》しむような色があった。

「はじまったのは、もう三百年も前になる。それから絶え間なくこのメイユーズ国を呪《のろ》い続ける、気の長い誰かの放った呪《のろ》いだ」

それは、気の遠くなりそうな話だった。

呪《のろ》いなどという手法を使うのは、人間ぐらいだ。エルフや精霊は使ったりしない。

そして人は、三百年も生きたりはしない。つまりこの呪《のろ》いは何代も引き継がれ、脈々と国を呪《のろ》ってきた証《あかし》ということだ。

その情熱も、そしてそれを払いもせず我《わ》が身に飼ってきた叔父《おじ》も、カノープスには理解しがたい。

「払うのは簡単だが、そうすれば、その誰かは別の方法で国に害を及ぼすだろう。ならば私が身代わりになっていた方が対処しやすい」

カノープスの考えを読んだように、シリウスは静かに言った。

「身代わりになって、そのまま死ぬというのですか？　エルフ最強と呼ばれたあなたが、なぜ」

「もう、いいと思えたのだ。私は待つのに疲れていた。ならば友の忘れ形見であるこの国を守って死ぬのも、悪くはないと」

何を待っていたか、シリウスは語らない。

「まさか、もうどうでもいいと思える頃になって、本当に相まみえる日が来ようなどとは、思ってもいなかった……」

それはすでにカノープスに聞かせるためのものではなく、シリウスの独白と化していた。

シリウスの頬を再び、つうと雫《しずく》が伝っていく。

「だが、もういい。このひと月の眠りで、私はおそらく望んでいた言葉を得た。あとは緩慢にこの呪《のろ》いに呑まれるのみ。ついでに、その気の長い呪者《じゅしゃ》も連れていく。あとはお前がこの国を守れ。カノープス」

突然名を呼びかけられ、カノープスははっとした。

叔父《おじ》の言葉の大半を理解していなかったとはいえ、やすやすとその提案に同意することはできない。

「あ、あなたがいなくなったら、ルイは……リルはどうするのですか？　あれはあなたを慕っている」

カノープスは縋《すが》る思いで、シリウスが気にかけている少女の名前を口にした。

しかしそれでも、彼の決意を変えることはできないらしい。

涙を流しながら、シリウスは笑みを浮かべた。

「もう、いいのだ」

何がいいのかも、わからぬまま。

カノープスは力の衰《おとろ》えたシリウスの迫力に呑まれてしまった。

＊　✣　＊

その日も、私は自らを苛《さいな》むようにメリス家で机にかじりついていた。しかし来客があるからと、メリス家の侍女をしていたメリダに引っ張り出された。

ジークの乳母《うば》も務めたという彼女は、はじけるような立派な体格をしており、私ごときでは太刀打《たちう》ちできないのだ。

着替えもせず身だしなみも整えていないまま連れ出された玄関ホールには、侯爵家に似つかわしくない、叩けば砂ぼこりの舞いそうな三人の男が立っていた。

開きっぱなしの玄関から差しこむ光が逆光になって、誰だか判別がつかない。

私がただでさえ睡眠不足でしょぼしょぼする目をこらしていると、そのうちの一人が私に気づいたらしく駆《か》け寄ってきた。

自分より体格のいい正体不明の成人男性が駆《か》け寄ってきたら、誰だって逃げ腰になるはずだ。少なくとも私はなった。

しかしあまりにも突然のことだったし、無理が祟《たた》ってよろよろになっていた私の反応は遅れた。

気づけば、男に抱き上げられていた。

驚く間もない。

引きつけのようなひゅうという音が喉《のど》から漏《も》れた。

遠ざかる床が、妙に恋しくなる。

「また無茶をしやがって」

私の耳元で、聞き覚えのある声がした。

その声の主に思い当たるまで、しばらくかかる。

そして答えが出る前に、私は男の肩越しに立つ二人の男の正体に気がついた。

「ゲイルと……スヴェン？」

ゲイルはともかくとして、なぜトステオで商人ギルドの支部長をしているはずのスヴェンがここに？

私が抱きかかえられたまま首を傾げていると、ようやく少し体を離される。

「……ミハイル？」

彼の赤い髪は艶《つや》を失くし、少し垂れた色っぽい金の瞳には疲労の色が浮かんでいた。

しかし確かに、それは私の知る人物にほかならない。

胸の奥底から、懐《なつ》かしい思いがこみ上げる。それほど長い間離れていたわけじゃないのに、こんなにも会いたかったのだと気づく。

「お嬢様をお離しください！」

あっけにとられていた侍女のメリダが攻勢に転じ、その豊かな腰でミハイルをはね飛ばした。

メリダ無敵伝説の幕開け——なんて、冗談を言っている場合ではなく。

「えっと三人とも……どうしてここに？」

とりあえず口から出たのは、そんな陳腐《ちんぷ》な質問だった。

沈黙のあと、玄関ホールに四つのため息が落ちる。三人の男とメリダのものだ。

いやだって、本当に何がなんだかわからないんだもの。

とりあえず、三人には客室で旅の汚れを落としてもらう。

スヴェンは別にしても、ミハイルやゲイルは一度家に帰って休めばいいのに。

なぜか直接メリス家に来たらしい。

しきりにあの手紙はどうやったんだと尋ねられたので、ラーフラはよっぽどおかしな手紙の送り方をしたようだ。今後あの精霊に仕事をしてもらうときは、色々と気をつけた方がいいかもしれない。

私も、三人との面会のために、一応令嬢としての体裁を整える。

ドレスをかえ、少し伸びた髪を軽く結《ゆ》わえる。髪飾りは質素に、布でできた柔らかな花のものを添えた。

身支度を整えた三人を案内したのは、宿泊客に会議室として使ってもらうための一室だ。元は侯爵家に無数にある応接室の一つだったが、やはりそこに置かれた調度品の美しさには目を見張るものがある。

屋敷にあった前侯爵やジークの服をまとい、身だしなみを整えた三人は、単純にかっこよかった。

スヴェンだけはどこか居心地悪そうにしているが、背筋を伸ばしていれば決して二人に見劣《みおと》りしない。目の色に合わせた水色のフロックコートが、実にさわやかだ。

——うん。スヴェンをさわやかだと感じるなんて、私はもしかしてかなり疲れているのかもしれない。

「それで、手紙にあった内容は本当か？」

手紙に何を書いたか思い出しつつ、私はスヴェンからの質問にこくりとうなずく。

「うん。メリス侯爵家の、このタウンハウスをホテル——商人なんかを対象にした、高価格帯の宿屋にしようと思ってるの。だからスヴェンには、顧客の紹介をお願いできればなって。もちろん、経営についても色々相談したいし……」

改めて口に出してみると、我《われ》ながら随分とずうずうしいお願いである。

三人は難しい顔で私を凝視した。

ゲイルなどは頭を抱《かか》えて、ため息までついている。

やっぱり疲れてる？　一度帰って休むべきなんじゃない？

「スヴェンに手紙の内容を聞いてまさかと思ったが、直接聞いてもやはり納得できるものではないな」

「どうしてこう、次から次へと……」

ミハイルとゲイルの二人は、深い深いため息をこぼした。

よくわからないけれど、私に対して極めて失礼な感想を抱いていることだけはわかる。

そして一人、スヴェンだけが目を爛々《らんらん》とさせて、身を乗り出してきた。

「それはどのくらいの規模で、どんなサービスを提供するつもりだ？　部屋数は？　従業員は？　元手のアテはあるのか？　現侯爵の意向は？　どこまでがリルの裁量に任されている？」

矢継《やつ》ぎ早《ばや》に尋ねられ、面食らう。

どんな格好をしていようと、彼の目の輝きは完全にそろばんをはじく商人のものだ。

「客室は五十三部屋、価格帯は、最上級と上級と普通クラスで三段階。客室は母屋《おもや》のみで、隣にある離棟は従業員用の寮《りょう》にするつもり。従業員は、侯爵家に勤めていてそのまま転職してもらう人が、下働きも含めておよそ二十。新しく雇い入れるのは二百」

「二百!?　多すぎる。全部奉公人か？」

奉公人とは、衣食住を与えるかわりに給料を必要としない労働者のことだ。主に技術を身につけて将来的に独立を目指す人や、貧しい家の子供なんかがなることが多い。

「違う。給与を時間給にして、六時間交代で働いてもらうの。時間給っていうのは、一時間あたりの給与を決めて、働いた時間の分だけお給料を支払うことね。一人平均して週休三日。だから普通の宿屋なんかよりも、たくさん雇わなくちゃ。元手は、私が個人的に経営しているレース工房のあがりが結構貯まってるから、それを使うつもり。現侯爵は今は領地に行ってるけど、ここの開業に関しては、全面的に任せてくれてる。私はその分の責任を負うつもり。手紙にも書いた通り、この〝ホテル〟は最高で一泊千トルクはする高級志向でいく。最高の調度品とサービスと料理。ついでに専門ブランドの美容品や化粧品なんかも作って、商人の夫人や令嬢にもアピールする」

千トルクは、日本円で大体百万円ぐらい。そんなに高い価格に設定するなら借金なんて簡単に返せそうって思うかもしれないけれど、それはあくまで最高。その値段にするのは三部屋ぐらいだし、一泊にそれだけの金額を出せる富豪はそういない。ほかの部屋は百〜五百トルクまでとピンキリになる。しかも高級なもてなしをするためにそこそこの経費もかかるので、あまり甘い数字ではない。

言いながら、これでスヴェンの疑問の全部に答えられただろうかと考える。

スヴェンは何か言いたげに口を開き、ミハイルとゲイルは難しい顔だ。

「……？　なに？」

「……いいや。とりあえず、今からじっくりと話し合いの時間が必要なことだけはわかった」

先ほど熱烈的な再会のシーンを演じてくれたミハイルが、眉間を押さえつつ言った。

ゲイルに至っては、もう頭を抱《かか》えるどころか、テーブルに額《ひたい》をくっつけて項垂《うなだ》れている。ただ一人スヴェンだけが、より熱気のこもった目で私を見つめていた。

「詳しい資料を持ってこさせろ！　このビジネスは金になる！」

……とりあえず、これからますます忙しくなりそうだ。

＊ ✣ ＊

スヴェンという経営の上で強い味方を得たことで、私自身はもっと細部の調整に時間が割《さ》けるようになった。

主に、料理や化粧品開発など、前世の記憶を流用したいと思っている分野に、やっと本腰を入れられる。

その日、私はレヴィに頼んで集めた十五、六歳の少女達を前にしていた。

彼女達は銀星城出身で、工房で働いていたメンバーでもある。子供ながらに指示を出す私という存在に慣れていて、なおかつ手先が器用で呑みこみも早い。

「客の男を接待させるつもりか？」

半笑いのレヴィだが、目は笑っていない。

もしそうだと答えれば、彼はこの契約を蹴《け》るだろう。性格はふざけているが、銀星王として子供達を守ることには熱心な男だ。

その心配はないと、私は首を横に振った。

「あなた達には、女性のお客様に特別なサービスをしてもらう。レヴィは外に出て」

「俺もその特別なサービスとやらを拝見したいんだがな」

「ダメ。ホテルで提供するときにお金を払って受けてもらう分には問題ないけど、少なくとも今はダメ」

そう言って、不満げなレヴィを部屋から追い出した。

彼を慕っているのか、何人かの少女の視線が彼の背中を追っている。

銀星城の知り合いからは、レヴィは子供達に畏《おそ》れられていると聞いているが、それなりに好かれてもいるようだ。

「じゃあ、そこのあなた」

私は、手前にいた少女を指さした。

「とりあえずそこに横になってもらえる？　仰向《あおむ》けに」

戸惑いつつも、少女は私の言う通りにしてくれた。

私が指定したのは、簡易的なベッドだ。部屋の中には同じものが六つある。

通常のベッドより細いが、うつぶせになっても苦しくないよう、顔の部分にはちょうど顔ぐらいの大きさの穴を開けてある。その穴は今は使わないので、ちょうどぴったりサイズの蓋《ふた》でふさいでいるけれど。

「じゃあ、目をつぶって」

私はそう言って、指示通り目を閉じた少女の髪に触れた。優しく髪をまとめ、顔にかからないよう布でくるむ。

見た目は、剣道の面の下みたいな感じか。

この世界にはまだタオルがないので、手ぬぐいのような薄い布で髪を包みこんでいく。

「あなた達は、よく見ておいて——顔に液体を塗るよ」

声をかけながら、私はあらかじめ用意しておいた液体を、ベッドに仰向《あおむ》けになっている少女の顔に塗っていく。

乳白色で気泡を含んだ、ドロッとした液体だ。加熱してあるので、ほんのり温かい。

少女の顔がびくりと震えた。

「あとでやってもらうから、みんな覚えてね。鼻をふさいでしまわないように気をつけて」

周りで見ている少女達も、どこかこわごわとした様子だ。

それでも、懸命に私の手順を目で追っている。

レヴィの人選は正解だな。私はこっそり微笑んだ。

説明中に、こんなことやりたくないと言われたら、正直どうしようかと思っていたのだ。

少女の顔に液体を塗り終えると、私は手を拭《ぬぐ》いながら言った。

「じゃあ今度は二人一組になって、片方の人が相手に同じようにしてあげて。液体はこのお皿に入ってるから持っていってね。終わったら交代でやってもらうから、どちらが先でも変わらないよ」

私の指示に少女達は一瞬怯《ひる》んだが、返事をすると、覚悟を決めたように言われた通りにした。

そんなに恐ろしいものでもないんだけどなと思いつつ、彼女達の行動を見て回る。

といっても、それほど複雑な作業ではないので、あっという間に終わってしまった。

「さて、そろそろかな……」

部屋の中には、顔に液体を塗った少女が六人、横たわっている。

私は顔に何も塗っていない少女を集め、最初に見本として私が液体を塗った少女のもとに戻った。

少女の頬に触れると、ぷるんとした弾力が返ってくる。

指に液体がついてこないのを確かめ、固まった液体を顎《あご》のあたりからゆっくりと剥《は》がしていく。

そう。これはパックだ。

牛乳に似たメレギの搾《しぼ》り汁と、ディーノの農場の魚から作ったゼラチンをまぜて作った。

その名もゼラチンパック。ゼラチンの主な成分はコラーゲンで、簡単に汚れが取れて保湿までできるという優《すぐ》れものだ。

「わぁ……」

少女達が感嘆の声を上げる。

この世界にパックという文化はないので、彼女達の目には新鮮に映ったようだ。

完全にパックを剥《は》がし、絞《しぼ》った布で顔を拭《ぬぐ》って、化粧水をなじませる。こちらは現在試作中の、メレギから作った化粧水だ。

「これで顔の汚れが取れて、肌が綺麗になるの。液体が乾いたら向こうの女の子達の分も剥《は》がして、今度は交代で自分にやってもらってね」

そう言うと、少女達は我《われ》先にと自分の持ち場に戻っていった。

そして今か今かと、パックが乾くのを待っている。

私がパックした少女はといえば、鏡を見ながら肌を撫《な》でていた。

「なんだか、顔色が明るくなったみたい……」

どうやら、ゼラチンパックは彼女達に好評のようだ。

お客さんにも同じように喜んでもらえればいいなと思いつつ、私は次の作業の準備をはじめた。

——これはホテルの目玉の一つ、エステの研修だ。

この世界にエステはない。貴族などの高貴な女性が使用人にマッサージを命じることはあっても、専門的にお金をもらってエステをするようなお店はないのだ。

そのことに気がつき、ここでオリジナルの化粧品を使って、エステをすることを思いついた。

一泊千トルクもする高価な部屋に泊まってもらうには、それなりの付加価値が必要だ。ただ豪華で広い部屋に泊まれるというだけでは、すぐに飽きられてしまう。だからこのホテルでしか受けることのできない、新たなサービスを用意する必要がある。

もちろん普通ランクの部屋の宿泊客も、希望して相応の金銭を払えばエステを受けることができる。

そのあたりは、日本のホテルと同じシステムだ。

私もエステについては専門ではないが、一般常識レベルの美容法やセルフエステの知識なら、人並みにある。

パックを剥《は》がして歓声を上げる少女達を横目に、これをお客様に披露《ひろう》するのが待ち遠しくなった。

＊✣＊

「いよいよ明日か」

振り返ればヤツ……ではなく、アランがいた。

今日は黄月《おうげつ》──四月の最後の日。明日はホテルの開業日で、最初のお客様を迎えて盛大なパーティーを開く予定だ。ちなみに、ホテルの名前は安直にも、メリスホテルになった。

今日まで、本当に長かった。たくさんの人の力を借りた。

ホテルが成功するかどうかは、まだわからない。

ただ、いよいよそれが明日になってみれば、嬉しいような、怖いような。

私は思わず、手のひらをぎゅっと握《にぎ》りしめた。協力してくれた人達のためにも、この事業はなんとしても成功させなくてはいけない。

じゃないとアランと私の生家、メリス家がなくなってしまう。

「別に、領地にいてもよかったのに」

私はアランに向かって、今日何度目かになる言葉を呟《つぶや》いた。

そしてアランは条件反射のように、同じく今日何度目かになる不機嫌そうな表情を見せる。

「一体何度言わせるつもりだ」

「でも、明日は貴族の方々もお招きしているし……」

「だからこそ、当主たる私がいなくてどうする」

アランが言うことはわかっている。だけど、貴族の身でタウンハウスをホテルにするなんて、やっぱり非常識だ。その非難が当主たるアランに集中するのは目に見えていた。

だから私は、アランには開業パーティーを欠席させるつもりでいたのだ。

それもあり、前もって、彼を領地へ送っていたというのに。

しかしアランはそんな気遣いなど無視し、聖教会の移動ペンタクルまで用いて王都に帰ってきてしまった。

まったく無駄遣いまでしてくれて……。私は不本意な気持ちをそのまま顔に出す。

「こら。変な顔をするな。明日は私達の婚約発表の場でもあるんだぞ」

「わかってるよ。明日になったら、ちゃんとする」

おかげで、私も明日は着飾って人々の前に立ち、淑女然《しゅくじょぜん》としてアランの婚約者であることを周囲に知らしめなければならない。

いや、いつかはやらねばならないと思っていたが、だからって……。

『嫌なら今からでもやめていいんだぞ？　俺が明日のパーティーぶち壊してやるか？』

『絶対やめて！』

不満げな私の表情を見たヴィサ君が余計な提案をしてくるので、必死で否定した。

精霊に人間の心の機微を理解しろと言っても無理なのはわかっているものの、そんなことをされては泣くに泣けない。

『しっかりヴィサ君を見張っておいてね。ラーフラ』

ストッパー役を任せようとまりもに語りかけたら、バチンと片目をつぶられた。

どうやらどこかでウインクを覚えてきたらしい。肯定の意なのだろうけど、私は妙な疲労感を覚えた。

しかしここしばらく、アオボシを探すために二人には無理をさせていたので、今は彼らの奇行を苦笑いで受け流した。

アオボシを失って、我武者羅《がむしゃら》に働いた日々だった。しかし気がつけば、自分は一人ではないと、みんなに教えてもらった。

帰ってきてくれたミハイルやゲイル、それにホテルのために惜しみなく手助けしてくれたスヴェンやレヴィ。自らが非難されるとわかっていても、ホテルの開業記念パーティーに駆《か》けつけたアラン。アオボシ探しに尽力してくれたヴィサ君とラーフラ。

私は彼らに支えられて、なんとか今日という日に立っている。

「今日のうちに、お前に見せておきたいものがある」

ここ数月《すうつき》を懐古《かいこ》してぼんやりしていると、アランがそう言って私の手を引く。

彼はどこか焦っているようだ。それに不思議なことに、どこか嬉しげだった。

気難しいアランが、こんな表情をしているなんて珍しい。

私は面食らってしまい、大人しく彼のあとに続いた。

アランが私を連れてきたのは、メリス邸の玄関ホールから続く長い階段だった。

この巨大な建物の中央を縦に突き抜ける階段は、最上階まで続いている。年季を感じさせる飴色《あめいろ》の手すりは優雅《ゆうが》な傾斜を描き、そこに刻まれた彫刻一つとっても見事だ。

「この上だ」

アランはなんの用があって私をどこへ連れていくのだろう?

内心で首を傾げつつ、その階段を上る。

一体どこまで上るつもりだろうか。今日は軽装とはいえドレスなので、動きづらいし体力の消耗《しょうもう》も激しい。

おかげで二階に辿《たど》りつくころには、すっかり息が上がっていた。

「もう少しだから、がんばれ」

そう言って、アランは三階へ続く階段の第一歩に足をかけた。

ああ、三階まで上るのか。

私はちょっとだけ涙目になった。

「一体、なにが……っ」

「いいから、壁をよく見ろ」

「壁……？」

言われて階段の壁を見る。そこにはなんてことはない、いつもと同じ模様が広がっていた。

どこまでも続く、枝と葉。一階部分に根差した木が、三階部分にまで枝を伸ばしている。

これは古い名家によくある意匠で、ファミリーツリー――つまりは家系図だ。

日本のそれが上からはじまるのとは違い、これは大樹の根元である下からはじまる。

そして大樹が伸びる枝先へと、どんどん新たな当主を描き足していくのだ。

今まで、ただの壁の模様としか認識していなかったファミリーツリーに、目を走らせてみる。見覚えのない何人ものメリス家の当主達の名前が、ゆっくりと通り過ぎていった。

そして二階から三階に向かう途中の踊り場で、私はようやく見覚えのある名前を目にした。

〝ヴィンセント・リア・メリス〟

はじめてちゃんと会った日がそのまま、彼を見た最後の日になった。私の祖父であるヴィンセント。その両隣には、彼の二人の妻の名前が記されている。ナターシャと、リディエンヌ。

私はそのときはじめて、ジークがリディエンヌという女性から生まれたことを知った。ヴィンセントとリディエンヌの名前の間から伸びた枝の先に記された、〝ジーク・リア・メリス〟という名前。

そしてその名前の横に、真新しい文字が書き足されていることに気づく。何気なくその文字を目で追って、私は目を見開いた。

「……マリアンヌ、メリス……?」

最初に、震えがきた。

そして喉《のど》が詰まり、私は無意識に息を殺した。

どうして母の名前が、メリス家の家系図に書き加えられているのだろう。

いいや、犯人は明らかだ。

犯人――アランは泰然《たいぜん》としながらもどこか不安げに、私の反応をうかがっていた。

さらにジークとマリアンヌの名前の間から伸びた枝葉の先に、真新しいインクで書かれた文字は読むまでもない。

もう何百回と目にしたことのある、〝リシェール〟という名前が、そこにはあった。

「お前はその名を否定するが、お前の両親がつけた大切な名前だ。せめて我《わ》が家の壁にくらい、記しておいてもいいだろう？」

何も言わない私に、アランは不安そうにおうかがいを立てた。

こんな思いきったこと、いつの間にやったんだ。

こらえきれずこぼれてきた涙を、私は服の裾で拭《ぬぐ》った。

「婚外子まで記したファミリーツリーなんて、聞いたことないよ」

私の憎まれ口に、アランは滅多《めった》に見られない慈《いつく》しむような笑みを浮かべる。

「ホテルをやろうという家で、それこそ今さらだろう」

幾多《いくた》の困難を乗り越えた彼の笑みに、私はたまらず飛びついていた。

階段から落ちたらどうするのだとあとでこっぴどく叱られたが、そのときの私はそんなことを考える余裕もないほど、アランに抱き着きたくてしょうがなかったのだ。

＊
❖
＊

近衛《このえ》隊長を務めるカノープスは、王太子であるシャナン殿下の呼び出しに応じ、王子の私室へと向かっていた。

常と変わらぬ無表情に、冷たく光る眼鏡のレンズ。

しかしその下で彼は、ここしばらく抱《かか》えている苦悩を王子に伝えるべきかどうか、考えあぐねていた。

自らの叔父《おじ》であるシリウスの余命がもう長くはないことは、明白だ。

本人もそれを認め、今では休暇と称して常に床《とこ》に臥《ふ》している。カノープスとベサミは、彼にかわって今では政務のほとんどを処理していた。

病気で寝込む国王と、体の時を戻し続けているためにまだ若く、成長しない王子。そして国を守って命の灯《ともしび》を消そうとしている、国の守護者たるエルフ。

エルフのカノープスと純粋な人ではないベサミの二人がどれほど支えようと、メイユーズ国が絶対的な危機に陥《おちい》っていることは明白である。その行く末を考えれば考えるほど、カノープスの頭痛は激しさを増すのだった。

そして何より彼は――そうまでしてメイユーズを支える義理などない、と心のどこかで思っている。

カノープスが地上に降りた最初のきっかけは、エルフ最強であるにもかかわらず地上に降りた叔父《おじ》のことを知りたいという好奇心だった。

しかしその叔父《おじ》の強さの根源は、数年地上に留《とど》まりメイユーズ国の近衛《このえ》隊長にまで上《のぼ》りつめたカノープスであっても、未《いま》だに理解できないままだ。

そして彼は、迷っていた。

天界からはすでに、病《や》み衰《おとろ》えた叔父《おじ》にかわり、シリウスの名を襲名しろという指示が来ている。

もし今カノープスが天界に戻れば、誰しもが彼のことを『シリウス』と呼ぶだろう。

エルフ最強の、その名を。

呪《のろ》いによって命を弱らせているかつてのシリウスなど、まるではじめからいなかったかのように。

それが、エルフという種族だ。

しかし自らがシリウスの名を襲名する段になって、カノープスは自らが求めていたのは天界最強という称号ではなかったことに気がついた。

なぜなら彼は今このときも、叔父《おじ》に死んでほしくないと思う自らを持て余していたからだ。

だからシリウスという名を自分に与えられる事実が、耐えがたかった。

もちろん、シリウスを救う方法はある。

しかしその方法は、シリウスの願いとは両立しないのである。

シリウスを蝕《むしば》む呪《のろ》いは、元々メイユーズ国にかけられたものだ。その矛先《ほこさき》を国へと戻せば、シリウスは助かるだろう。

しかし失くした何かの形代《かたしろ》としてメイユーズ国を愛していたシリウスは、決してそれを望んではいない。

叔父《おじ》がそれを望まないと知りつつも、カノープスはその事実を未《いま》だ誰にも言えずにいる。叔父《おじ》の最期の瞬間までその選択肢を捨てられないであろう自分に、カノープスは重いため息をついた。

それに――……

カノープスの脳裏に、一人の少女の面影《おもかげ》が浮かぶ。

あの叔父《おじ》が、最も大切に思う少女だ。

短い人生の中ですでに過酷な道筋を辿《たど》ったにもかかわらず、彼女の面差《おもざ》しに儚《はかな》さは微《み》塵《じん》もない。ただ涙を流しつつもすべてを乗り越えていく強靭《きょうじん》な笑みだけが、彼の脳裏にも焼きついていた。

いくら無茶をするなと言っても、平気な顔で無視する彼女のことだ。

叔父《おじ》が床《とこ》に臥《ふ》していると聞けば、今度はどんな無茶をするかもわからない。そして叔《お》父《じ》本人の希望もあり、カノープスは叔父《おじ》の状態を彼女に知らせられぬままであった。

もし知らせぬまま叔父《おじ》にもしものことがあれば、彼女はカノープスを恨《うら》むだろう。一体どうすべきなのか。カノープスは精緻《せいち》な細工が彫りこまれた扉の前に着いても、しばらくの間、痛む側頭部に手を添えていた。

やっとの思いで扉を開けた王子の私室には、すがすがしい光が差しこんでいる。

朝早いというのに、王子はすでに王家のみに使用を許された金色の衣服をまとっていた。そのところどころには彼自身のモチーフである蔓《つる》バラの絡《から》まる剣が刺繍《ししゅう》されている。

「仰《おお》せにより、ただ今参上しました」

カノープスが儀礼的に膝をつくと、王子は左手で空《くう》を切り、すぐにその必要はないと伝えた。

慣れた仕草で立ち上がった近衛《このえ》隊長を尻目に、彼の着替えなどを行《おこな》っていた侍従が王子の命令で部屋を出ていく。

残ったのは、王子とカノープス。それに、カノープスが入室する前から壁際に立っていたベサミのみだ。

「よく来たな。さっそく本題で申し訳ないが、お前にはあることの手引きをしてもらいたい」

自分のみ椅子に腰かけ、優雅《ゆうが》にブレックファストのティーカップに口をつけたシャナン王子が、鋭《するど》い眼光でカノープスを見上げた。

「明日の夜、私は城下の貴族宅で行われるパーティーに顔を出す。情報が漏《も》れないように、馬車は忍《しの》び用のものを使う。警備は最低限で頼む」

今度はどんな無理難題《むりなんだい》を言われるかと自然と肩に力が入っていたカノープスは、小さく息を吐いた。

「パーティーへの出席でしたら、王家の権威を見せつけるためにも専用の馬車でうかがった方が、先方もお喜びになるでしょう。なぜわざわざそのようなことを？」

カノープスの疑問は当然だった。

王家の者を直接自宅の夜会に招くことのできる貴族は、極めて限られている。充分な警備を雇い、一晩で目のくらむような金をつぎこむことのできる大貴族だけに許された特権だ。

そうまでして王族を自宅に招くのは、ほかに招いた客達に、自らの財力と王族からの信頼を知らしめるためである。ならばむしろ、四頭立ての煌《きら》びやかな馬車で乗りつけた方が先方も喜ぶだろうというのは、道理だ。

しかしそんなカノープスの言葉に、シャナンは少々複雑そうな笑みをこぼす。

「行き先は、メリス侯爵邸だ」

今年のはじめ、自らの策で陥《おとしい》れた家の名を、王子は重苦しく口にするのだった。

4周目　メリスホテル、開業します！

その夜会には、大勢の人が集まっていた。

悲劇が起こった四月《よつき》前の晩と同じようにたくさんの松明《たいまつ》が並び、車寄せには馬車が列をなしている。

通常、王族はほかの馬車を押しのけてでも優先して案内されるが、シャナンはあえて自らの身分を隠していた。そのせいで幾度も止まっては進む馬車の中で、彼は腕を組み、考えを巡《めぐ》らせている。

窓の外に並ぶ多くの馬車は、貴族よりはむしろ裕福な商人のものが多いのだろう。その証拠に、貴族が己の誇りにしている紋章を持つ馬車は少ない。

「まったく、妙なことを考えたものだ」

シャナンが小さく呟《つぶや》いたが、同席するカノープスとベサミは沈黙を守ったままだった。

シャナンは脳裏に、学習室で共に学んだアランを思い浮かべる。

アランは学習室の中でも飛び抜けて頑固な貴族主義だった。だから多額を請求されたとはいえ、彼がこんな方法で返済を試みようとするなんて信じられない。

先祖がかつての王より与えられし土地に立つタウンハウスを、まさか宿屋として開放しようなどとは……

はじめてその知らせを受けたとき、シャナンは耳を疑った。

いい意味でも悪い意味でも貴族らしいあのアランが、そんなことよしとするはずがない。

しかも着々と準備が進んでいるらしいと聞けば、放ってはおけなかった。

王子は今日までに自らの手の者をメリス家に潜入させ、その内部に不審な動きがないか見張らせていた。

メリス侯爵邸は、貴族のタウンハウスの中でも王宮にほど近い。もし、不審な人物を招き入れるような素振りでもあれば、今度こそメリス侯爵家を取り潰しにする心づもりだった。

しかし潜入した年かさのメイドは、自分も不可解だというような顔で、いくつもの信じられない報告を持ってやってきた。

いわく、アランは本当に宿屋をやるつもりらしい。

そしてそのアランをけしかけているという、謎の黒髪の少女の存在。使用人――内部では従業員と呼んでいるらしいが――にこまごまとした指示を出すのはその黒髪の少女で、アランは執務室にこもって領地の改善策を練っていたり、領地へ行ったりしていることがほとんどであるという。

その黒髪の少女が何者なのか。それを自らの目で見極めるため、シャナンは今日メリス侯爵家の〝ホテル〟開業記念パーティにやってきたのだ。

もちろん、目的はそれだけではない。

宿屋を開業するメリス家に国の反乱分子が潜伏しないよう、牽制《けんせい》しておくためでもある。

メリス侯爵家が厳しい処分を受けたことは、すでに王都中の人間が知っている。ならば当然、その年若い現当主は王家に恨《うら》みを抱いているだろうと考え、取り入ろうとする者が必ずいるはずだ。

シャナンは今日、メリス侯爵家の新たな門出を王太子として直接祝いに駆《か》けつけることで、アランが反乱分子に利用されないよう内外に対し牽制《けんせい》するつもりでいた。

順番が巡《めぐ》り、シャナンの乗った馬車が停まると同時に、外側からその扉が開かれる。

出迎えを主な任務とするフットマンは外見の美しい若者である場合が多いが、ここは趣向が違うらしい。礼儀作法のしっかりとした老齢の男性達が、ぴっしりとした正装で招待客を案内している。

「へえ、話に聞いていた通りですね」

彼らの品定めをしながらそう呟《つぶや》いたのは、ベサミだった。

老齢のフットマン達は力強さこそないものの、確かな足取りで招待客を誘導し、シャナンが歩きやすいよう道をあけていく。それはよく訓練された、この上なく見事な動きだった。

そこへ、馬車を降りたのがシャナンだと気がついたのだろう、一人の男が近づいてくる。

「ようこそいらっしゃいました」

そう言ってシャナンの前で左胸に手を当てて腰を折るのは、背の高い痩《や》せた老人だった。

確か、彼は前メリス侯爵に仕《つか》えていた執事のはずだ。

「わたくし、家令を務めておりますセルガと申します。本日はわざわざ足をお運びいただき、主人にかわってお礼申し上げます」

どうやら彼は代替わりに際し、執事から家令に出世したらしい。

そんなどうでもいいことを考えながら、シャナンは小さくうなずいた。

「アランは？」

どれだけ忙しかろうとも、王族を直接迎えるのは主人の役目だ。

しかし、あたりにアランの姿はない。シャナンは訝《いぶか》しがる。

「はい。お客様に序列をつけるわけにはいかないと、正面入口にてすべてのお客様をお迎えしております」

セルガの口にした平坦なセリフに、シャナンは目を見開いた。

王族を蔑《ないがし》ろにしているということではなく、貴族と商人すら差別なく、自ら出迎えているというのか。

アランの変化に、シャナンは驚きを隠せなかった。学習室にいた頃の彼は、王太子であるシャナンをいちいち立てることを当然としていた。

「そうか。ではパーティのあとにでも、静かな場所で会談したいと伝えてもらえるか？ 短い時間でかまわん」

「かしこまりました。それでは、どうぞこちらへ」

家令はシャナンの申し出に眉一つ動かすことなく応じ、彼らを先導して歩きはじめた。

幾人かの貴族がシャナンの存在に気づいたようだが、彼らはシャナンにすり寄る前にほかのフットマンの誘導により整然と建物中に収められていく。まったく見事なものだ。

きびきびと動く老人達を見ながら、シャナンは薄く笑う。

「王家のフットマンも、全員老人に入れ替えるか」

「お戯《たわむ》れを。それでは警備に支障が出ます」

シャナンの軽口に、不機嫌そうな声のカノープスが応じた。

四月《よつき》前、痛ましい出来事が起こったとは思えないほどきらきらしく飾りつけられた大広間には、そこら中に着飾った紳士淑女《しゅくじょ》が溢《あふ》れていた。

談笑の声や、驚きの声。

通常長いテーブルに一斉に着席して食べるはずの晩餐《ばんさん》を、今日は立食形式で、好きに取って食べる趣向だという。高位の貴族は無作法だと眉をひそめるであろう趣向だが、商人やその妻子などは喜んで料理を選んでいる。それにつられるようにして、数少ない貴族達も料理が美しく盛られた皿から思い思いに料理を取っていく。

料理はすべて、王族であるシャナンすら目にしたことのないものだった。

何本もの細く柔らかい食べ物にソースを絡《から》めた料理。油で揚げたカリッとした食感の料理。経験したこともない深い味わいの料理。派手にデコレーションされた見事な細工のデザート等。

一体どこから料理人を招いているのか、招待客達は目新しい料理に歓声を上げている。

「さすがに、勝算もなく〝ホテル〟とやらを開業したわけではなさそうですね」

傍《かたわ》らに付き添うベサミが、おかしそうにその光景を見渡す。

「ああ。これを作った料理人を城に招きたいほどだな」

「ええ。ですが、料理人だけでは、意味がないかもしれませんね――」

意味ありげに微笑むベサミを、シャナンは訝《いぶか》しげな顔で見上げた。

「どういう意味だ？」

しかしベサミが答える前に、広間のあちこちからざわめきが起こる。アランが壇上に上がったのだ。

「本日は、メリスホテルの開業にお集まりいただき、誠にありがとうございます！」

アランの声が、ホールに朗々と響く。

ハキハキとしゃべる彼の顔には、薄い笑みすら浮かんでいた。いつもしかつめらしい顔をしていたアランを知るシャナンは、思わず目を疑う。

「今日のこの日を迎えるためにご協力くださった多くの方々に、この場を借りてお礼申し上げます」

そう言ってアランが深く頭を下げると、会場からは拍手が起こった。

「そして今日を迎えるに当たり、最も奔走《ほんそう》してくれた我《わ》が婚約者を、皆様にご紹介いたします」

そう言ってアランが手で示す方向から、一人の少女が壇上に上がった。

まだ幼い、体の小さな少女だ。

報告にあった黒髪の少女とは、彼女のことだろう。

するとどうしたのか、隣にいたカノープスが硬直した。

「婚約者……だと？」

「ふぅん。まさかこうなるとはね」

どうやらカノープスとベサミの二人は、彼女を知っているようだ。

しかし、会場の客のほとんどは彼女がどこの家柄の娘かわからないらしい。ひそひそと憶測が飛びかう。

「ご紹介にあずかりました。わたくし、ステイシー子爵三男ゲイルが娘、リル・ステイシーでございます」

高らかにそう述べると、少女はスカートを摘《つ》まみ、優雅《ゆうが》にお辞儀した。

もう一度会場を温かな拍手が満たす。

しかし一人だけ、拍手もせずに彼女を見つめる少年が一人。

「リル・ステイシー……？」

聞いたばかりの名前を口に出したとたん、シャナンの胸にざわざわと何か言い知れぬ不安のようなものが広がる。それは焦燥感《しょうそうかん》に似ていて、気づけばシャナンは壇の前に向かって走り出していた。

「殿下!」

カノープスに呼ばれても、シャナンは立ち止まらなかった。

リル・ステイシーと名乗ったあの少女の顔を、もっと近くで見たい。その欲求で頭の中が支配されてしまい、ほかには何も考えられなかったのだ。

数多くいる招待客をかき分け、アラン達が立つ壇の真ん前まで来ると、二人もシャナンの存在に気づく。

彼らは驚いた様子だが、気を取り直したようにアランがどうしてこの事業をはじめるに至ったかの話をはじめる。

アランの言葉を右から左に聞き流しながら、シャナンは困惑の色を浮かべる少女の灰色の瞳を、しがみつくように見つめ続けた。光の加減で青灰にも変わる瞳と、幼さを残すあどけない頬。

頭の中で何かが疼《うず》く。

覚えのない感覚に怯《おび》えながらも、シャナンは彼女から目が離せなかった。

「見事だった。王家を代表して、私からも祝いを」

案内された部屋でシャナンがアランと会えたのは、パーティが終わって二メニラほどあとのことだった。

「もったいないお言葉です。殿下」

シャナンの前で跪《ひざまず》いたアランは、相変わらずお手本のように優雅《ゆうが》な礼を披露《ひろう》した。

そしてしっかりとした足取りで立ち上がると、シャナンの向かいのソファに腰を下ろした。

「……ところで、お前の婚約者の姿が見えないようだが」

内心ではそちらの人物こそ待ち望んでいたシャナンは、できるだけアランを不審がらせないよう、素っ気ない素振りでそう口にした。

本当は、ほかにアランに確認しなければならないことが山ほどあったはずなのに、それよりも今シャナンの頭を占めているのは、例の黒髪の少女のことだった。

「ああ、彼女は現場の指揮を執《と》っているので、大広間から離れられないのです。今日無事にオープニングパーティを迎えられたのも、すべては頼りになる婚約者のおかげです」

そう言って、アランは見たことのないほど嬉しそうな笑みをこぼした。

シャナンは思わず目を見張る。

今日メリス家を訪れるにあたり、アランに罵声《ばせい》を浴びせられることすら覚悟していた。しかしアランは彼の父や兄を追いつめたシャナンを責めるつもりはないようだ。

言葉の接《つ》ぎ穂《ほ》を失ったシャナンは唾を呑んだ。喉《のど》が妙に渇いている。

アランの表情は少し陰はあるものの穏やかで、両親を失って半年も経たない悲劇の少年にはとても見えなかった。

「婚約者が、あなたにそのような顔をさせているのですね」

後方でベサミが発した声で、シャナンははっとする。

「しかし、突然婚約とは？　彼女はまだ成人してもいないでしょう。それに何より……」

続くカノープスのセリフに、シャナンは思わず振り向く。

「彼女を知っているのか？」

もちろん、ステイシー子爵家のことはシャナンも知っている。だが子爵家三男であるゲイルに子供はなく、いるのは養子――それも男子のルイ・ステイシーだけのはずだった。

シャナンの質問に、ベサミとカノープスが困ったように顔を見合わせる。ベサミの顔色には、薄い焦りすらにじんでいた。

「殿下、随分彼女を気になさいますね？　何か理由でも？」

「いや、そういうわけではないが……」

ベサミの真剣な問いかけに、シャナンは思わず言葉を呑みこんだ。いつも余裕を崩さないでいるベサミのそんな態度は、珍しい。彼女について気にされたくない理由があるのかと、思わず勘繰《かんぐ》りたくもなる。

「殿下はお怒りになるかもしれませんが、リル・ステイシーは学習室に所属していたルイ・ステイシーの種違いの実妹なのです」

シャナンは脳裏に、学習室でも自らの四肢にまで上《のぼ》りつめた少年を思い浮かべた。そういわれてみれば、彼らはよく似ている。

しかしアランの言葉に、引っかかりを覚えずにはいられなかった。

「ルイの？　いやそれよりも、所属していた？」

「ええ。ルイは急な病《やまい》で、王都を離れて療養していると聞いています。そしてその境遇を哀《あわ》れんだゲイル・ステイシーが、今度は妹であるリルを養子として迎え入れたと」

「ルイが病気？　それは本当なのか？」

シャナンが問いかけたのは、アランではなくベサミに対してだった。シャナンの侍従として学習室をも取り仕切るベサミからその報告がなかったのは、おかしなことだ。

「学習室は、元々入れかわりの激しい場所です。知らせがなくても十日も無断で登城がなければ、自動的にその名前は抹消されます」

彼の答えに少し戸惑いつつ、シャナンは黙って受け入れるよりほかなかった。

学習室の制度は確かにその通りだ。事実シャナンも、ルイが姿を消したことを今日まででそれほど気に留めてはいなかったのだから。

するとそこへ、アランが口を開く。

「殿下、わたくしはこの場で、殿下にご許可いただきたい事案がございます」

「どうしたんだ。そんなあらたまって……」

「リルは、メリス侯爵家の血を引いております」

「なんだと？」

シャナンは気づけば身を乗り出していた。

彼の人生に突如として現れた少女のプロフィールに、衝撃的な情報が次々と追記されていく。

「リルは、兄ジーク・リア・メリスの実の娘です。故《ゆえ》に私は、まだ年若い彼女を婚約者として求めました。混乱と醜聞《しゅうぶん》を避けるため、あえて公表はいたしません。しかし今後のことを考えて、殿下にはご理解をいただこうと」

「ジークの……？」

アランの話に、シャナンは言葉を失くした。

シャナンはメリス侯爵家でジークが事件を起こすとき、彼に娘を守ってほしいと頼まれていた。シャナンが手を尽くしても見つからなかったのだが、ジークの娘は、くしくもこれほど近くにいたのか。

「待て、ならばその兄であるルイはどうなる?」

「二人は種違いでございますから、ルイにメリスの血は流れておりません」

アランはそうきっぱりと言い切った。

あれほど似ている兄妹が片親違いというのは信じがたいものの、お家騒動で家系図が複雑化するのは名家によくあること。シャナンは黙ってうなずくだけに留《と》めた。

しかしアランはどうしていきなり、こんな家の醜聞《しゅうぶん》をつまびらかにするような真似をしたのか。

その答えは、アランの口からすぐに聞くことができた。

「――ですから、もし私に何かあったときには、リルのことをお願いいたします」

あまりにもまっすぐな目で、アランは言う。シャナンは気圧《けお》され、何も言えなくなった。

「彼女はまだ九歳で、結婚は当分先になるでしょう。しかしそれまでにもし私の身に何かがあったときには、我《わ》が家の名跡は彼女に継がせてほしいのです。――薄情な、親戚連中などではなく」

アランは皮肉げに榛色《はしばみいろ》の目を細める。

それは妙に大人びた、厭世家《えんせいか》のような表情だった。

「わかった。あとで文書にして認めよう。ベサミ、いいな？」

「御意《ぎょい》に」

シャナンはアランの肩に手を置き、確約した。

ベサミに確認を取ったのは、あとから彼によって有耶無耶《うやむや》にされないためだ。ベサミはシャナン以上に、貴族の利権に対して厳しい目を持っている。

「ありがとうございます、殿下」

アランがほっとした顔でシャナンを見た。

そしてそれと同時に、部屋にコンコンとノックの音が響く。

「なんだ」

「リルです。お茶をお持ちしました」

「ああ、入ってくれ」

ドアの向こうから聞こえてきた声に、シャナンははっとしてそちらへ視線を向けた。

アランの返答を待って、ほどなくその少女が部屋に入ってくる。

自分の心をやけにざわつかせる少女の登場に、シャナンは期待と不安を高めていた。

それは月が昇る夜半過ぎ、少なからず揺れる馬車の中でのこと。

メリス侯爵家を辞した三人は、再びお忍《しの》び用の馬車で城に戻る途中だった。

馬車はガラガラと音を立てながら、人気《ひとけ》のない石畳を疾走する。

「殿下、それでは手を傷つけてしまいます」

ベサミに指摘されてはじめて、シャナンは自分の右手の爪が左手に食いこんでいることに気がついた。目の前で軽く重ねていたつもりが、知らず力が入っていたらしい。

「……カノープス」

「はい？」

自分が呼ばれるとは思っていなかったのか、シャナンの前に座る近衛《このえ》隊長が眉を上げた。

美しい男だと思う。そして、無感情な男だと。

そんな男が出発の直前に取った態度が、こんなにもシャナンを苛立《いらだ》たせている。

「出発の直前、リル嬢に何を言った？　貴族の令嬢を脅かすなど感心しないぞ」

シャナンの脳裏ではもう何度も、その光景が繰り返されていた。

去り際、いつの間にか令嬢に近寄っていたカノープスが、何気ない仕草で彼女にそっと耳打ちしているのを、シャナンは見逃さなかった。

そしてその直後の、目を見開いたリル・ステイシーの顔も。

彼女は、不思議とシャナンの心をかき乱す存在だ。

彼女を見ていると、なぜか焦燥《しょうそう》を感じる。〝思い出せ〟と、頭の中で声が聞こえる気がする。

自分には以前病気をしたせいで、空白になっている記憶がある。その期間に、彼女と関わったのだろうか？

それにしては、今日の彼女の反応は初対面らしいものだったが。

その謎の一端は、もしかしたら目の前の男が握《にぎ》っているのかもしれない――

そう考えて、シャナンは真剣にカノープスを見つめる。そんな彼を、カノープスは無感情に見返した。

「いいえ。特に何も」

カノープスは冷たく言い切るのみだ。そして彼の顔には、やましさのかけらもない。

読めない相手だと知っていたはずなのに、なぜだか今は苛《いら》ついた。

そんなシャナンをたしなめるように、ベサミが口を挟む。

「殿下。もうメリス家への仕置きは充分かと。以後のことは我々《われわれ》にお任せください」

「しかし……」

「殿下。国王が臥《ふ》せっていらっしゃる今、国を担《にな》う重責は殿下おひとりにのしかかっております。重要度の低い案件は、どうぞ我々《われわれ》忠実なるしもべに。殿下のよきように計らいますので」

随分必死だなと、シャナンは心の中で呟《つぶや》いた。ベサミにしては珍しい態度だ。

しかし彼が言うこともその通りなので、シャナンは前のめりになっていた体勢を正して目を閉じた。

まぶたの裏には今も、着飾った幼い令嬢の姿が焼きついている。

馬車は音を立てて、城の裏門を越えた。

＊ ❖ ＊

パーティ直後。深夜の応接室には、重苦しい空気が漂《ただよ》っていた。

私は己に集中する視線に気後《きおく》れしつつ、満面の笑みでそれをはね飛ばす。

お茶を持ってきたとは言ったものの、実際にそのカートを押してきたのは、見目《みめ》のいいメイドの一人だ。彼女にお茶の用意を任せると、私はシャナン王子の前で腰を折って、ゆっくりと貴婦人の礼をした。

これが城の謁見《えっけん》の間《ま》なら許しを待たなければならないが、ここは私的な会談の場だ。しかもこちらが招いている側なので、むしろ率先して声をかける。

「お初にお目にかかります。アラン様と婚約させていただきました、リル・ステイシーと申します」

女の姿でシャナン殿下の前に姿を晒《さら》すことに、心の中でシグナルが鳴る。

私がルイだとバレはしないか。

それ以前に、メリス侯爵家のパーティに現れたジークの娘だとは？

四年前に出会った頃、私達は無邪気に笑い合っていたのに、今はあまりにもしがらみが多すぎる。

「顔を上げよ」

声をかけてもらい、私は顔を上げた。

そこにいたのは深い色の目でじっと私を見つめる王子と、薄笑いのベサミ。そして相変わらずしかつめらしい顔をしたカノープス——という三人組だった。

私の目は王子に吸い寄せられる。

相変わらずの様子だ。彼は何も変わらない。たとえどれほど時が経とうとも――……。

今日のパーティに彼らが来ていると知ったとき、私は意外に思った。

今夜開いたのは、どちらかといえばこれからホテルの顧客になるであろう、裕福な商人を対象とした夜会だ。なので参加者は、それぞれが裕福であっても家格はそれほど高くない。

そんなあまり格式の高いとは言えないパーティに、お忍《しの》びとはいえ、まさか王子が出席してくれるとは。

建前上、招待状を送っていたが、本当に来てもらえるとは思っていなかった。

王子は、どこか複雑そうな顔で私を見ている。

彼の外見はちっとも変わっていないのに、その大人びた雰囲気は出会った頃の彼とは違うものだ。

――立ち尽くしたまま、私は何もできずにいた。王子の許しがあるまで、ソファに腰かけることもできない。

今日のホテル開業に向けて奔走《ほんそう》していた体は、疲れ果てて、切実に休みを欲していた。

自分でプロデュースした化粧品で最初にしたことが隈《くま》隠し、というのが泣ける。

こんなことのために、小麦粉入りコンシーラーを開発したわけじゃないんだ、私は。

「殿下、許しを与えませんと」

侍従然《ぜん》とした調子でベサミが囁《ささや》いた。とても若々しい容貌《ようぼう》を持つ彼だが、実年齢は二百歳なので、中身はただの老獪《ろうかい》なジジィである。

「あ、ああ。席に着くがよい」

促《うなが》されて、私はアランの横に腰を下ろした。長いソファの真ん中に腰を下ろす王子と、その後ろに立つ二人とは向かい合う形になる。

お茶をサーブし終えたメイドが退出すると、部屋には五人だけになった。

アランと王子が、それぞれカップに口をつける。

「今宵《こよい》のパーティは、大層素晴らしかった。指揮を執《と》ったのはあなただとお聞きしたが？」

貴公子のような王子の微笑みに、私は首を横に振った。

ルイであるとき、彼は私に対して辛辣《しんらつ》だった。

それが貴族の令嬢相手になると、こんなにも態度が柔らかくなるのか。そう思うと、なぜかむなしい気持ちになった。

「いいえ。すべては侯爵様のお力によるものです。私など、何も……」

そう言ってアランをちらりと盗み見れば、彼はなんだか温かい笑みを浮かべていた。

私が来るまで、一体なんの話をしていたんだろうか。

なんだかよくない空気をひしひしと感じる。

「それにしても、短時間でよくここまで準備したな、アラン。以前訪れたときから見違えたぞ」

「もったいなきお言葉です。殿下」

王子が言う〝以前〟とは、アランの父親が死んだ夜のことだろう。

どうして、王子はなんでもないことのように、そんなセリフが言えるのか。

「メリス侯爵家には、これからも王国を支える柱の一つであってもらいたいものだ。私はお前の働きに期待している」

その言葉には驚いた。

年が明けてすぐに、反逆の罪で取り潰しになりかけたメリス侯爵家だ。

しかし王子は、そのメリス家当主に期待しているという。

非公式な場とはいえ、これは何か裏があるんじゃないかと疑いたくもなる。

探るようにカノープスの顔を見上げたが、ひそめられた眉は特に有用な情報など与えてはくれなかった。

「リル嬢にも、お願いしたい。アランは不器用な男だが、ぜひ支えてやってほしい」

そう言う王子の顔は、誠意に溢《あふ》れていた。

もし私が何も知らない令嬢であったなら、王子の信頼が厚いアランにきっと感心しただろうし、気さくな王子の態度に感激していたことだろう。

しかし学習室での冷たい彼の態度や、侯爵家が直面している金銭的な窮地《きゅうち》を知る私としては、ただ不気味だとしか感じられなかった。

私も九歳にして、随分とすれた子供になってしまったらしい。

そして何事もなく、会談は終わった。

アランと私は彼らを玄関ホールまで見送り、礼儀にのっとって問題なく王子を接待できたはずだ。

彼らが出ていく間際、私はほっと安堵《あんど》のため息をついた。

しかしすれ違いざまに囁《ささや》かれた言葉で、笑顔が凍りつく。

「今夜、城にある私の部屋に来なさい」

そんな、セクハラおやじよろしくなセリフを囁《ささや》いたのは、なんとカノープス近衛《このえ》隊長その人だった。

5周目　星が落ちる日

月光の差しこむ静かな部屋。そこにあるベッドには、人が横たわっている。
（ああ、月の光は白いんだ）
その光景を目にしたとき、私がまず最初に思ったのはそれだった。
本当はもっとほかに考えなければならないことがあるのに、脳が拒否しているのだ。
「このままでは、長くはないかもしれない」
カノープスの声音は、まったくのいつも通りだった。
そんな彼の態度が、目の前の光景の非現実感をさらに際立たせているようにも感じる。
「そんな……」
私はよろけながら、ゆっくりとベッドに歩み寄った。
特注らしい長いベッドには、白い美貌《びぼう》の人が横たわっている。
衝動的に顔を近づけると、その静かすぎる寝息がようやく感じられた。
場所は、魔導省内部にある長官室。つまりは、シリウスのための部屋だ。

約束通りヴィサークに乗ってカノープスに会いに来た私は、衝撃的な事実を告げられ、打ちのめされていた。

「本当に、シリウスは死んでしまうの？」

彼らは不死に近いほど長く生きるエルフだ。

そんな常識がカノープスの言葉を否定しようとするが、彼は無駄な嘘をつかない。それを一番思い知っているのは、きっと私に違いなかった。

「何者かが、王家に向けた呪詛《じゅそ》が原因だ。叔父上《おじうえ》は自らを身代わりにしてそれを受け続けていた。人のちっぽけな術ごときでも、積もり積もればエルフだって殺せる」

誰が、なんのために。

そんなことを考えるのは無駄なのだろう。国の王というのは恨《うら》まれる職業だ。どんな判断をしようが一方には喜ばれ、一方には恨《うら》まれる。

国の守護者たる彼がそれを肩代わりしていたというのは、ある意味納得のできる話だった。

いや、本当は納得できない。納得したくない。

自分と同じ人間が、エルフたる彼を害そうとしているなんて。

気づかぬうちに、涙がこぼれ落ちていた。

どうしてなんだろう。

どうしてこの世界はこんなにも無慈悲《むじひ》に、私から親しい人を奪っていこうとするのだろう。

もう私は、誰も失いたくなんてないのに。

「シリウス……シリウスゥッ」

気づけば私は、床に膝をついて泣きじゃくっていた。

夜中だというのに、気を遣うことすらできない。

今はただ、彼に目を開いて、その美しい瞳を私に見せてほしいと思った。

彼は、母を亡くした悲しみから魔力を暴走させた私を、いち早く見つけ出して助けてくれた。

メリス侯爵の弟だと偽《いつわ》って、ずっと私のそばにいてくれた。

心が死にそうな毎日の中で、なんとか自分を保っていられたのは、ほかならぬ彼のおかげだったのに。

私は、攻略対象だから関わり合いにはなるまいと、彼から離れようとしていた自分を悔いた。

彼の命の残り時間がこんなにも短いと知っていたら――ずっとそばにいて、離れなかったのに。

「……りる？」

名前を呼ばれ顔を上げると、頬のこけたシリウスが優しく微笑んでいた。

「また、泣いているのか？」

シリウスの筋張《すじば》った大きな手が伸びてきて、私の頬に触れる。

骨のように細くなった指が、ゆっくりと涙を拭《ぬぐ》っていく。

「大丈夫だよ、リル。おとうさんもおかあさんも、君のことが大好きなんだ。ただ、普段はいそがしすぎて、そうくちにできないだけなんだよ」

彼の口からこぼれ落ちた言葉は、私の想像を超えていた。

「シリウス？　何言ってるの？　ねえ！」

「記憶の混濁《こんだく》……？　いやこれは……」

カノープスの声には小さな狼狽《ろうばい》が含まれている。

私の母はすでに死んでいるし、父はジークだ。

シリウスが語る内容はちっとも身に覚えのないものばかりだった。

――いや。

身に覚えがないわけでは、ない。

でも、そのときのことをシリウスが知っているはずがない！

日本で暮らしていた私は、いつだって両親の愛情に飢《う》えていた。幼い頃からだ。

両親はいつも忙しくて、私はほとんど祖母に預けられて育った。

私のことを愛していないのかもしれないと、何度枕を濡《ぬ》らしただろう。

そのたびに寄り添ってくれたのは、犬の青星だった。

私の涙を、その薄い舌で舐《な》めてくれた。眠れない夜、同じベッドで温めてくれた。

「まさか……そんな……」

そのとき私は、とある考えに辿《たど》りつく。

その考えはあまりにも突飛すぎて、とてもじゃないが信じることはできない。

なのに、そうだとすればすべての辻褄《つじつま》が合うのだ。

はじめて会ったときから、特別私を気にかけてくれていたシリウス。

そして、その名前。

私のつけた、違うけど同じ名前――青星。

シリウスが、わずかにむせた。

私は慌てて水差しを探したが、いきなりシリウスに強い力で肩を掴まれ、体が固まる。

「ぼくはきみがだいすきだよ。だから……ずっとずっとあいたかった。りるにあいたかったんだよ……っ」

　寝ぼけているのか。

　そう思うにはあまりにも、シリウスの声音が切実な色を含んでいる。

　固唾《かたず》を呑んで、私は彼の言葉に耳を傾けた。

「ぼくは、さきにいくけど、またあいにいくから。ぜったいぜったい、きみをさがしだすから」

「私だって、大好きだよ！　何度だって会いに来るから、そんな風に言わないで！　私を置いていったりしないで!!」

　静まり返る室内に、私の絶叫が木霊《こだま》する。

　そして不意にシリウスの手から力が抜け、その手は人形のように重く、私の肩にのしかかってきた。

「落ち着け」

　もう片方の肩に置かれた手に、びくりと震える。

　おそるおそる見上げれば、眉間にしわを寄せたカノープスの顔があった。

「大丈夫。そう簡単に、叔父上《おじうえ》を死なせはしない」

　カノープスの手がぎゅっと私の肩を握《にぎ》る。

その力強さだけが、今の私が縋《すが》れる唯一《ゆいいつ》のものだった。

再び目を閉じたシリウスは、『死んだように』というたとえがぴったりなほど静かに眠っていた。

ばくばくと脈打つ心臓を落ち着けられないまま、私はシリウスの手をそっと布団の中に戻す。

『むう、解《げ》せん』

そう呟《つぶや》きながら綿毛のようにふわふわと落ちてきたのは、緑の毛玉、まりもことラーフラだった。

首をひねっているのか知らないが、彼はゆっくりと左右に揺れつつ、シリウスの上を彷徨《さまよ》っている。

「解《げ》せんって、何が？」

『この者から、アオボシの気配がする。あの白い獣《けもの》と同じにおいだ』

「え……？」

『ラーフラ！』

ヴィサ君がラーフラを制する。

「え……なんで？　ヴィサ君、なにか……知ってるの？」

尋ねつつ、私はその答えを知りたくないと思った。

今自分の中にある疑惑を、確かなものとして認めたくなかった。

まさか、そんなことあるはずがない。

シリウスがアオボシで――青星だなんて。

『落ち着け、リル。な？　アオボシとシリウスには何も……』

『風の王たるお前が気づかないはずがないだろう。確かにコレとアレは同じモノだ。忌々《いまいま》しい呪《のろ》いの術式までそっくり同じ』

『ラーフラ黙れ！』

呪《のろ》い？

呪《のろ》いって、カノープスの言ってた、シリウスを殺そうとしている呪《のろ》いのこと？

「ヴィサ君!!」

私は絶叫した。

ヴィサ君は驚いたように肩を竦《すく》め、口をつぐむ。部屋が再び静まり返った。

「知ってることがあるなら、何もかも話して！　お願いだから!!」

『リル……』

「ずっと、ずっとだましてたの？　シリウスとアオボシが関係あるって知ってて、黙ってたの？　あんなに、がんばってアオボシを探してくれてたのも、全部嘘だったの？」

動揺が、私の胸の深い穴に広がる。

喪失感《そうしつかん》と、怒りと。

もう何を信じていいのかもわからないほどの混乱。

頭に血が上って、何も冷静に考えられない。

ヴィサ君はしばらく黙りこみ、それから小さな声で呟《つぶや》く。

『でもな、リル……お前が傷つくのを、俺はもう見たくない』

「……ッ」

涙の乾きかけた目尻が、ひくついた。

「隠し事をされた方が、よっぽど傷つくよ……自分がなんにも知らないまま失くすのは、もう嫌なの」

この世界に転生してから、思えば、私の人生はそんなことばかりだ。

自分が何も知らない間に、ものすごいスピードで周りの物語が展開して、いつの間にか私の大切な人を奪っていこうとする。

最初はお母さん。そして父だと思っていた実の祖父。王子もミハイルも、もう少しで失うところだった。

「話して。ヴィサ君が知ってることを、全部」

低く命じれば、ヴィサ君は泣きそうな顔で語りはじめた。

シリウスが、どれほど深く私を愛してくれていたか。

どれほど私を独占したがっていたか。

『――理由は知らないんだ。どうしてアイツがそんなにまでリルに執着したのか。あいつはエルフで、リルが現れるまで何かに執着しているのなんて見たことがなかった』

過去を懐《なつ》かしむように、ヴィサ君は少しだけ笑う。

『アイツ、リルといっつも一緒にいる俺を目の敵《かたき》にしててさ。バカみてぇ。本当なら、さらうなりなんなり、リルと過ごす方法はいくらでもあったはずなのに。でも、それもできないほど、アイツはリルが大事だったんだ』

シリウスはいつも、私の考えや願いを優先してくれていた。

そんなのは、知ってる。

ずっと気づいていた。

けれど、その理由は知らなかったし、教えてとせがんだりはしなかった。

『最初にアオボシに会ったときには気づかなかったけどよ。一緒にいるうちに、なんとなくこいつはシリウスなんじゃないかって思えてきた。目が、一緒だったからな。リルに対しては愚《おろ》かしいほど忠実な、犬の目』

「じゃあ、なんで言ってくれなかったの？」

静かに問えば、一瞬、ヴィサ君は答えをためらった。

それでも場の空気の重さに耐えかねてか、彼は牙《きば》の見える小さな口を開く。

『黙っていてくれと、頼まれた。自分は、リルを煩《わずら》わせるようなことはしたくないからと……』

「シリウス……なんで、なんでなの？」

私は物言わぬ彼に縋《すが》りついた。

さっきから大声で騒ぎたてているのに、シリウスはぴくりともしない。

それが、悲しくて――

「まさか……本当に青星なの？　白くてふかふかの、あの青星だったの⁉　そんな、だったら言ってよ！　あなたが青星だって知ってたら、私……っ」

体の中を、激情がうねる。息が詰まった。

だって私は、何も返せはしないのに――

出会ってからの間、私はシリウスに何をしてあげられた？

「そんなのってないよ……そんなのって……」

感情が捩《ね》じ切れて、心が死んでしまいそうだった。

いや、いっそのこと、感情なんてなくせればいいのにとさえ思った。

だって、それが真実だとしたら、あまりにも痛い。

私はもう一度、何も恩返しできないまま、青星を失うのだ。


私がメリスホテルに戻ったのは、明け方だった。

昨日色々なことがありすぎて忘れかけていたが、今日はホテル開業が明けた二日目。

最初のお客様を送り出す大切な日だ。

責任者である私がサボるわけにはいかない。

たとえそこにどんなに重大な事情があったとしても、である。

ヴィサ君とは、なんとなくわだかまりを残したままだ。まりもは相変わらず、黙ったまま宙に浮いている。

メリスホテルでは、まだ誰も私の不在に気づいてはいなかった。

窓から部屋に戻ると、すぐにメイドのメリダがやってきて、私の身支度を手伝ってくれる。

そうして私は無事ホテル二日目の朝を迎えた。

日が昇るのと共に、宿泊客も徐々に起きだしてくる。

商人の朝は早い。彼らに軽食を提供すると随分驚かれたが、その感触は上々だった。

この世界では、朝食をきちんと食べるのは貴族ぐらいである。

普通に働かなければならない平民は、昼と夜の一日二食であることが多い。

そんな彼らに提供した朝食は、おにぎりだ。

ネイを使った軽食として、一人当たり二個用意した。

朝に食べられなければ、持ち帰って昼食にしてもいいと伝えている。おにぎりならば持ち運びにも便利だ。

ネイを食べる文化が広まってきているとはいえ、この世界でのお米はまだまだ珍しい。

出発するお客様にそれを配って回ると、どの方にも喜ばれた。

しかも、まるで掴みかかる勢いでホテルの感想を口にし、皆さん褒めたたえてくださる。

王都に来たら絶対また宿泊すると言ってくれる人や、食事だけでも利用できるだろうかという質問が相次《あいつ》いだ。

それだけじゃない。昨日の夜も今朝も、お土産売り場は戦争状態に突入している。

それは美容品や化粧品を気に入った奥方や令嬢だけでなく、商人達も目新しい商品に惹《ひ》かれ、物色してくれているからにほかならない。

中には、髭剃《ひげそ》りあとに使ってみたら肌の調子がよかったから、自分でも使用したいという男性客も少なからずいた。目をつけていなかったところだけど、近々男性用化粧品の開発にも乗り出したい勢いだ。

お土産品売り場の商品を卸《おろ》して、自分でも販売したいという商人もいた。

専門的な商取引について私は門外漢《もんがいかん》なので、その手の客はスヴェンに一任している。

彼は、商人達の専門分野や主な販売経路を確認し、返事はまた後日と伝えて、その申し入れに応じていた。

その場で対応しきれないほどに、メリスホテルオリジナルブランドの美容品を扱いたいという商人が多かったのだ。

スヴェンの話では、この感触ならもっと工房の規模を広げた方がいいということだった。

今は、ディーノとリグダの実家に外部委託している状態だ。このまま軌道に乗るようならば、確かに彼らと提携して、新たな工房を立ち上げることを視野に入れてもいいかもしれない。

商人達が美容品の販路を広げてくれるのならば、在庫は多いほどいい。この世界なら倉庫代もそうかからないし。

ちょうどその二家族もオープニングパーティに招待していたので、私はメイドの一人に伝言を頼んだ。

起きだしてきたディーノとリグダは、お土産売り場の戦争状態に唖然としていた。

まあ、そうだろう。高価な美容品が飛ぶように売れたので、お土産売り場は朝のうちに品薄状態になってしまっていた。

私は慌ててお土産クッキーの量産を厨房《ちゅうぼう》に頼んだ。ヴィサ君には農場から出来上がった在庫を運んでとお願いすることに。

表面上は気品溢《あふ》れる貴族宅の朝のようでも、バックヤードは恐慌状態だ。

しかも、オープンによって、従業員の動線の変更など改善点は山ほど見つかった。

そちらの仕事はできるだけメリス家古参の使用人達に任せたが、私はほかのトラブルにも追われてホテルの中を駆《か》けずり回った。

そして出立する商人のお客様達を、アランと一緒に見送る。

朝の空気は身を切るように冷たく、アランには何度も「お前は中に入っていろ」と注意された。

しかし見送りをアラン一人に任せるなんて、それこそできるはずがない。

昨日、お客様を出迎えるところから今送り出すところまで、アランは本当によくやってくれた。

寒さをいとわず外に出て、自ら客人を出迎え、見送るというのは、貴族らしからぬことだ。並の覚悟でないと、人々に示せたことだろう。

その態度に驚き、感動して再訪を誓う商人も少なくなかった。

アランはそれらすべてに笑顔で対応し、メリス家当主としても貴族としても、そつなくやっていたと思う。

あのプライドの高いアランのことだ。思うことは多々あるだろうに、彼はちっともそれを表に出さなかった。

短い間に、彼は当主として着実な変化を遂《と》げていた。

それが嬉しくもあり、申し訳なくもあった。

彼を古くから知る使用人の中には、その立派さに涙する者もいたぐらいだ。

一人になると余計なことを考えてしまうので、私は見送りをしつつもホテルのバックヤードを転がり回り、忙しく働いた。

そうこうしている間に今度は貴族も続々と起きだし、それぞれが馬車に乗ってホテルを去っていく。

エステサービスも大層な人気で、ホテルで研修した使用人をもらい受けたいという貴族の奥方すらいた。では、ぜひもう一度お試しにいらしてくださいと笑顔で返したりして、それらの客人を捌《さば》いていく。

最後の客を見送ったのは、ランチの少しあと。

その頃にはもう、二日目の予約客がホテルに訪れはじめていた。

新たな客を出迎えるアランの隣で、私も精一杯の笑顔を振りまく。

それは、お客様の途切れたほんのわずかな時間のことだ。

「リル、本当にありがとう」

「アラン……」

アランの万感《ばんかん》の声に、私は彼の顔を見上げた。

とびきりの笑顔だが、彼の目尻は少し赤くなっていた。

寒さのせいかもしれないけれど、きっとそれだけではないだろう。

「リルがいなかったら、私はみすみすこの家をつぶしてしまったと思う。そうしたら、ご先祖様達に申し訳が立たなくなるところだった」

彼はよくも悪くも貴族だ。

だから、伝統を打ち破るような今回の私の提案を許容できても、心から賛同することは難しかっただろう。

なのにこうして、私にお礼を言ってくれる。

あんなにプライドの高かった人が。

その言葉一つで、すべてが報われた気がした。

やってよかった。

心が、その気持ちだけで胸がいっぱいになる。

私はそっと隠れるように、アランの手を握《にぎ》った。

隣り合うアランも、ぎゅっと私の手を握《にぎ》り返してくる。

温かい。彼の温もりが伝わってきた。

夕食までの時間。雑事を終えてようやく私室に戻って、一息ついた。

まぶたの裏にはたくさんの笑顔が焼きついていた。

はじめて食べた料理に対する驚き。見たこともない美容法への好奇心。

はじめはどんなものか品定めしてやろうという顔をしていた人達が、子供のように目を輝かせて、はしゃぎまわっていた。

お礼の言葉も何度も耳にした。

それはお客様からだけじゃなくて、忙しく働いてくれた従業員達からもだ。

仕事を引退して貧しい暮らしをしていた彼らは、私の提案した働き方に喜んで賛同してくれた。

そして自らの知識と経験でもって、最大限に私の期待に応《こた》えてくれた。

お礼を言いたいのはこっちなのに、中には、もう一度こんな風に働けて嬉しいと涙をこぼす老人もいた。

そんなたくさんの笑顔が、私の凍えそうになる胸をほわほわと温めてくれる。

シリウスの青ざめた顔を思い出せば、今も胸が痛い。

それでも束の間、私は目を閉じてその充足感に浸った。

* ✥ *

休憩を終えて気合いを入れると、私はゲイル、ミハイル、スヴェン、アラン、ルシアン、アルベルト、レヴィを呼び出した。ルシアンは王子の学友時代の友人で、アルベルトは私が義母に捨てられたときに国のはずれの街でよくしてくれた兄のような存在だ。ルシアンとアルベルトは、わけあってマクレーン伯爵家の義兄弟となっている。

アラン以外の面々も、昨日からお祝いを兼《か》ねてホテルに宿泊してくれている。

私はもう、決意していた。

何があろうと、シリウスを救い出すと。

そして彼の口から、アオボシ――そして青星について聞くのだと。

夕食前、私が所用を片付けて部屋へ赴《おもむ》くと、彼らは早々に集まっていた。

そこは、会議室として貸し出す予定の、円卓のある部屋。もちろん、ヴィサ君に防音魔法をかけてもらうのも忘れない。まりもことラーフラは席を外している。

「急に呼び出して一体なんの用なんだ?」

私が部屋に入るとマナーなどおかまいなしで最初に問いかけてきたのは、スヴェンだった。

彼の乱暴な言葉遣いに、アランが不愉快そうに眉をひそめる。

なんとなく、この二人は相性が悪そうだから気をつけよう。

「忙しいのに、呼び出してごめんなさい」

私はあえて礼儀を無視して、軽く目礼しただけで、席に着く。

その場にいる全員に、これが非公式な場だとわかってほしかったのだ。

アランは眉間のしわを深くし、レヴィは面白がっているのか笑みを浮かべていた。

「さっそくだけど、私の話を聞いてほしいの。これは、この国の今後に関わる重要なことでもある」

ボリュームを落として宣言すれば、全員が静かに耳を傾ける気配がした。

キンと、場の空気が張りつめる。

「今、国の守護者であるシリウス・イーグは、何者かに呪《のろ》いをかけられ死にかけている。私はそれを救いたい」

息継ぎを挟まず一気に言い切る。

「えっ」

アルベルトが驚いたような声を上げ、誰かがゴクリと息を呑んだ音がした。

「……それは確かなのか？」

問いかけるミハイルの声は、冷静さを失ってはいない。

さすがは騎士団所属と言うべきか。

こくりと、私は慎重にうなずく。

「それを俺に話してよかったのか？　誰かに話しちまうかもしれないぜ？」

スヴェンが少し皮肉げに言った。

アランがこらえきれないという風に立ち上がる。

「さっきからなんだ貴様は！　いくら非公式な場だとはいえ、礼儀をわきまえろ！」

「アラン！」

「スヴェン。やめておけ」

私の視線にアランは苛立《いらだ》たしげに腰を下ろし、ミハイルがスヴェンを諌《いさ》めた。

「……それで、リルは一体どうするつもりなんだ？」

黙りこんでいたルシアンからの問いを受けて、全員の視線が私へと集中した。

「呪《のろ》いをかけてる本人を見つけ出して、それを解こうと思ってる」

「そんなことが、可能なのか？」

レヴィは頬杖をついていた。

どうやらここにいる人間には態度を取り繕《つくろ》わないつもりらしい。

「わからない。でも一つだけ確かなのは、みんなの協力が必要不可欠だってこと」

絞《しぼ》り出すように、私は言った。

どんなに単独行動をするなと注意されたからって、誰かをこんな風に頼るのはやっぱり気が咎《とが》めて仕方ない。

でも今は、そんなことを言っている場合ではないのだ。

どんな手を使ってでも、たとえ私に何があったとしても、シリウスを救わなければならない。

彼はメイユーズ国の要《かなめ》であり、そして私にとってもかけがえのない人だから。

「……何をすればいい？」

そう言ったのはアランだった。

まだろくな説明もしていないのに、気難しい彼があっさり同意してくれたことに驚く。

私の視線を気まずく感じたのか、彼は咳払いをした。

「ほかでもないお前の頼みだ。聞かないわけにはいかないだろう」

アランはそう言ったきり、そっぽを向いて黙りこんだ。

レヴィはそんなアランをにやにやと見つめ、ほかの人間は意外そうな顔をしていた。

もちろん私を含めてだ。

「俺も話に乗るぜ。なんせ俺とリルは運命共同体だからな」

レヴィがあっけらかんと、事態の深刻さを感じさせない口調で言う。

「俺もだ」

「僕も！」

次々に同意したのは、ルシアンとアルベルトだった。

「……誰も、協力しないとは言ってないだろう。それに、国の賢者様に恩を売っておくってのも、悪くないしな」

どこか言い訳がましく、スヴェンが言った。

同時に、ミハイルがため息をつく。

「リル。それはお前の仕事じゃないだろう」

今まで黙りこくっていた彼の一言に、虚《きょ》を衝《つ》かれた。

「シリウス様ほどの力の持ち主が、命を危《あや》うくするような相手だ。そんな相手をどうにかするなんて、危険すぎる」

「そうだぞ。リル、お前、また無茶をしようとして」

ゲイルがミハイルに同意した。

すんなり了承してくれるとは思っていなかったが、ほかの五人が協力的だっただけに、私はショックを受けているらしい。

胸がズキズキと痛んだ。

ほかの誰に反対されるより、ミハイルに反対されるのがきっと一番こたえる。

頭がよくて、優しいミハイル。

彼が強硬に反対するのは、それほど危険ということなのだ。

でも……だからって、ここで簡単に折れてたまるか！

「危険でも、やるよ。もちろん、二人が協力してくれなくても」

断固として言い切ると、ミハイルの周囲にある火の魔法粒子《まほうりゅうし》がぶわっと広がった。

心なしか、室内の温度が上がった気さえする。

「リル！」

ミハイルに怒鳴られ、心が挫《くじ》けそうだ。

本当は、彼を怒らせたくなんてない。

でも今は、それよりも優先させなければいけないことがある。

「シリウスは、私にとってとても大事な人なの。そんな彼が苦しんで、死ぬかもしれないのに、それを見ているだけなんてできるはずない！　それはシリウスがエルフだとか、魔導省の長官だからとか、そんなことは関係ないの。ここにいる誰かが同じ目に遭《あ》っていたら、私は同じようにすると思う。もちろんミハイル、あなただってそうだよ」

私は椅子から立ち上がり、一気にまくしたてた。

ミハイルは、苦虫を噛《か》みつぶしたような表情になる。

部屋に沈黙が落ちる。

どれくらい経っただろうか。

ガリガリと、ゲイルが頭を掻いた。

「……ミハイル。諦めろ」

「ゲイル、何言って――」

「お前だってわかってるだろ？　リルは一回こうなったら、もう梃子《てこ》でも動かん。だったら勝手に何かやられるより、自分もそばにいて協力してやる方がいくらかはマシだ」

レヴィがたまりかねたような笑い声を上げた。

さすがゲイル、よくわかっていらっしゃる。

一気に場の空気が弛緩した。

ミハイル以外の顔には、全員思い当たる節《ふし》があるというような苦笑いが浮かんでいる。

――悪かったね。頑固で。

そんな空気の中、ミハイルはあきれたというように天井を仰《あお》いだ。

「リルも馬鹿だが、俺も大概か」

そんな呟《つぶや》きが、なんだか妙に嬉しかった。

「それで、リルは一体どうやってその呪者《じゅしゃ》とやらを探すつもりなんだ？」

完全に面白がっている顔で、レヴィは言う。

その口の端からは、小さな犬歯が覗いている。

私は慎重に言葉を選んだ。

「確証はない。でも……エルフに呪《のろ》いをかけるなんて、本来ならできるはずもないこと。そんなことができて、なおかつ国を呪《のろ》っている人物の心当たりなら、一人いる」

その言葉だけで何かを悟《さと》ったのか、何人かの表情が変わる。

「まさか……」

ゲイルがそう呟《つぶや》いて、息を呑む。

その名前を口にすることに、私はためらいを覚えた。

しかしそれを振り切り、その名を声に出す。

「クェーサー・アドラスティア。内乱を煽動し、この国を憎む闇の精霊使い。その素性も詳しくはわからないけれど、可能性が高いとしたら彼だと思う」

そう言って、私は知る限りの、今までにクェーサーが関わった事案を話した。

国境を越えてメイユーズに侵入し、アルの暮らしていた村でアルの義兄《ぎけい》であるカシルを闇の精霊に乗っ取らせたこと。

そのあと、今度は騎士団に団長の従者として入団し、その裏で闇の精霊を使い少なくない数の貴族を殺していた。

そして騎士団は彼の流した噂《うわさ》で混乱し、あの忌《い》まわしい内乱騒ぎが起きた。

ルシアンとアルベルトは、クェーサーによって体内にアンテルドという人を死に至らしめる悪魔の石を埋められてしまった。色々あって、今はもうアンテルドの影響はないけれど、一時は命の危機にさらされたのだ。

よく考えてみれば、この場にいるスヴェンとレヴィ以外は全員、クェーサーを見たことがある。

ゲイルとミハイルは騎士団で。そして、アランにルシアン、アルベルトはマクレーン邸で。

彼の手のうちにはどうもアドラスティア商会がありそうだということや、彼がかつてこの国で排斥された精霊使いの末裔《まつえい》らしいということなど、私は知っている限りのことを語って聞かせた。

話すほどに、向かい合う彼らの表情が険しくなっていく。

すべて語り終えた頃には、私の喉《のど》はからからに渇いていた。

はじめにメイドが用意してくれたすっかり冷めたお茶を、衝動に任せて一気に飲み干す。

随分と令嬢らしからぬ行動だったが、誰もそれを注意したりはしなかった。

「なんてことだ……」

ゲイルは頭を抱《かか》え、ミハイルはひどく険しい顔をしていた。

「俺達が王都を空《あ》けている間に……くそっ！」

ミハイルがドンとテーブルを叩く。

隣に座るスヴェンが迷惑そうな顔をした。

「あの男が……」

「最低だ！　カシルによくもそんな……っ」

ルシアンはあまり表情を変えなかったが、カシルを家族の一員として考えているアルベルトは、珍しく怒りをあらわにしている。

実際に精霊使いのクェーサーと対峙《たいじ》したことのあるアランは、その力量を知っているためか、少し青ざめていた。

「そんな男を、野放しにしておくわけにはいかないな」

言い放ったのは、珍しく真面目な表情を見せたレヴィだ。

そうしていると、さすがに銀星王というだけの貫禄《かんろく》を感じる。

「たとえシリウス殿の呪《のろ》いと無関係であろうとも、この国の貴族である以上その男をのさばらせておくわけにはいかない」

「レヴィ……」

そのときの彼からは、軍部の名門であるというマーシャル家の嫡男《ちゃくなん》としての自負が強く感じられた。

普段はふざけてばかりいる男だが、その奥底には国を守る公人の心構えが叩きこまれているのだろう。

「それで、具体的に俺達に何をしろと？」

そう言うスヴェンは、いまいち実感が湧いてない様子だ。

それでも実務を優先するあたり、さすが商人といったところか。

「まず、スヴェンとアランにはメリスホテルの経営を頼みたい。アラン、ごめん。無責任なことはわかってるけど、今はどうしても時間が欲しい」

アランを見る私は、多分縋《すが》りつくような目をしていたと思う。

メリス家をホテルにするなんて言っておいて、こんなずうずうしい頼みをする自分が嫌でたまらない。

でも今は、何を投げ出してでも、シリウスのために働きたかった。

たとえそれで、アランの信頼を裏切ることになったとしても。

「……わかった。この男と組むのは非常に癪《しゃく》だが、リルは何も気にしないで、思うことをすればいい。ただし、危険なことだけはしないでくれ。俺はいつ、いかなるときもお前の味方だ。それを忘れるな」

アランの真剣な表情に、胸が熱くなった。

一人じゃない。

そう強く感じる。

私には、支えてくれる人達がいるのだ。

「ヒュー、熱烈だねぇ」

レヴィが茶々を入れる。

張りつめた空気が、少しだけ弛緩した。

「若いねぇ。リル、しっかり乗っ取ってやるから任せとけ」

スヴェンはといえば、頼もしいんだか恐ろしいんだか判断に迷うことを言いながら、胸を叩いた。

若干の不安を覚えつつも、胸のつかえが一つだけとれる。

とりあえず、最初の関門は越えた。

「ありがとう。それで、ルシアンとアルベルトとレヴィには、情報収集を頼みたい。その……以前伯爵家に仕《つか》えていた使用人を探し出して、前伯爵とクェーサーの契約なんかについて調べてほしい。レヴィは王都内で不審な出来事が起こっていないか、調べて——両方から」

〝両方から〟というのは、貴族としての地位と、もう一つの銀星王としての地位を使って、という意味だ。

ほかの人間がいる手前ぼかしたが、レヴィはすぐに察したようで強気な表情を見せた。

「任せておけ。いっそのこと、そのクェーサーってやつの処理もしてやろうか？」

頼もしいのはいいが、クェーサーを侮《あなど》っている様子なのは不安だ。

あの男の持つ力は尋常ではない。

危険なことだけはしないでほしい、とレヴィには念を押しておく。

「それで、俺達はどうする？」

問いかけてきたゲイルとミハイルに、私は視線を向ける。

「二人には――……」

その先の言葉を言うのに、私は首を竦《すく》めて怒られる準備をした。

話し合いが終わったあと、みんなが続々と退出していく中で、私はミハイルを呼び止めた。

彼と一緒に出ていこうとしていたゲイルが、私にだけわかるようにウインクして部屋を出ていく。

広い会議室に二人きりになって、私はミハイルを見上げた。

「さっきはごめん。でもどうしてもシリウスを助けたくて――……」

私の言葉を、ミハイルは手のひらで遮《さえぎ》る。

「いいや。俺こそすまなかった。熱くなってしまって」

「ミハイル……」

「本当は、わかっているんだ。お前の意見に一理あることぐらい。お前にはかなりの種類の属性の魔法粒子《まほうりゅうし》が視《み》える。だから闇の属性を持つクェーサーと事を起こそうとすれば、たとえ騎士団であろうともお前に協力を要請しなければならないだろう。頭では、わかっているんだ。しかし……」

「しかし？」

ミハイルは悩ましげに目を細めた。

彼の琥珀色《こはくいろ》の瞳に、苦悩の色が浮かぶ。

部屋に沈黙が落ちて、私は居心地の悪さを覚えた。

どんな言葉を使えば、ミハイルは納得してくれるのだろう。

私が子供だからいけないのだろうか？

自分の小さな体が歯痒《はがゆ》くて仕方ない。

もっと大きくなれば、ミハイルは私のしようとすることを心から認めてくれただろうか？

ふっと、ミハイルがため息をこぼす。

しかしその表情は、憂鬱《ゆううつ》というよりは、何かが吹っ切れたようなすっきりしたものだった。

「俺はどうあっても、お前を危険な目に遭《あ》わせたくないらしい。でも、危ないことから遠ざけようとする俺じゃ、お前も窮屈《きゅうくつ》だもんな。お前はお前の思う通りにしろ。俺はそばにいて、必ずお前を守ってやるから」

ずくんと、心臓が疼《うず》いた。

そして鼓動が高鳴っていく。

ミハイルを見上げる私の頭を、彼はぐしゃぐしゃと撫《な》でた。

その温もりが、少し強い力加減が、今はどうしようもなく私の鼓動を加速させる。

この感覚には覚えがあった。

それはこの世界での経験ではない。前世で暮らした日本でのこと。

私はまさか――……

「じゃあ、行くか！」

ミハイルの言葉に、私はこくりとうなずいた。そのまま、顔を上げることができない。

『なあ、リル。なんで俯《うつむ》いてるんだ？』

『ううん。なんでもないよ……』

部屋を出ていくミハイルの背中を、私はそっと見上げて、しばらく目が離せなかった。


「ここだな」

ゲイルとミハイルに無理を言って連れてきてもらったのは、アドラスティア商会の倉庫の跡地だった。

例の内乱騒動のあと、ここは魔導省の職員によって徹底的に調査されたはずだ。そのあとは、騎士団によって立ち入り禁止区域に指定されて、治安維持隊が警備している。

なぜかというと、この場所には、クェーサーが記した闇のペンタクルが存在しているからだ。

それは聖教会の管理する移動用ペンタクルにも似た大型のものだ。その闇のペンタクルによって、私は城から、城下にあるこの場所まで転移させられてしまった。内乱の最中、クェーサーの手で闇の空間に閉じこめられたあとのことだ。

そのときは結局、偶然ここへ調査に来ていたゲイルとミハイルと合流したことで、私はそのまま彼らと一緒に城に登ったので、このペンタクルの存在を忘れ去っていた。

しかしよく考えてみれば、これはクェーサーの残した貴重な手がかりと言える。

クェーサーと同じ闇の属性を持っている私なら、何かわかるかもしれない。

ここに連れてきてほしいとお願いしたときは難色を示していたミハイルも、私の言い分に納得して同行してくれた。

トステオに行くまで、ミハイルはどちらかというと面白がって、私と一緒に行動を起こしてくれる側だった。

けれどあの湖での一件以来、私に対して過保護すぎる気がしないでもない。

それが嬉しいような、恥ずかしいような。

ゲイルも、自分の養女に対して特別過保護に接する上司に、手を焼いているみたいだった。

「リル！　不用意に近づくな。あの騒動以来、闇のペンタクルは起動していないとはいえ、クェーサーの使う術はわかっていないことも多いんだぞ！」

「わかってるよ」

アドラスティア商会の倉庫の跡地は、今では綺麗な更地となり、草が茂っている。

建物が隣接する商業区では、珍しい光景だ。雑草の生い茂るその場所は、立入禁止のロープが張られているだけで、特別変わった様子はない。

やはり手がかりにはならないかとがっかりしつつ、私はロープに近づいた。

そこには看板が立てられていて、大きく『立入禁止』と書かれている。看板の横には、眠たげな兵士が一人立っていた。

「こら、嬢ちゃん。この中に入るなよ。悪い魔導師にさらわれちまうぞ？」

兵士が声をかけてくる。

彼は治安維持隊の一員なのだろう。

騎士ほどではないが、それなりに小綺麗な格好をしていた。

「邪魔をする」

ゲイルがそう言いながらブーツの金具を見せると、兵士は慌てて姿勢を正した。

この金具――拍車は、騎士に叙任された際に主君、つまりは王様から授けられる。

なので靴に拍車があれば、それすなわち騎士であるというわけだ。

まあ、拍車があったところで、彼らが騎乗するのは馬ではなく、疑似精霊という騎獣《きじゅう》なんだけどね。

やり取りが終わるのを待ちきれなかった私は、ロープの中に潜《もぐ》りこみ、背の高い雑草をかき分けた。

「こら、言ったそばからっ……リル！」

ミハイルに捕まらないよう草をかき分けながら、他人には確認できない闇の粒子《りゅうし》を探す。

私が知る中で闇の属性を視《み》ることができるのは、クェーサーとシリウス、カノープス、それに私だけだ。

我《わ》が国が誇る魔導省の調査が済んでいるとはいえ、この場所にはまだクェーサーに関する証拠が残されている可能性があった。

しかしがんばりもむなしく、五メートルも進まないうちにミハイルに捕まってしまう。

「ちょっ、離して！」

「馬鹿、暴れるなっ」

ミハイルは私を抱《かか》え上げ、離そうとしない。

「こらこら、二人とも」

ゲイルのあきれた声音が背中に聞こえる。

「離して、よ！」

感情に身を任せ、私は指先からミハイルに魔力を注ぎこんだ。敵意を持った攻撃として。

「っ！」

ミハイルは慌てて私から手を離す。

長く伸びた草の上に、私は不格好に着地した。

「何するんだ！」

「リル、いくらなんでもやりすぎだ……」

猛《たけ》るミハイルとあきれるゲイルを、私は涙目で見上げた。

「危ない危ないって、そんなこと言って遠巻きにしてたって、何もわからないでしょう!?　今この瞬間にも、あの人は死ぬかもしれないのに、どうしてそんな悠長《ゆうちょう》なことが言えるの！」

「リル……？」

感情が爆発する。

自分でもすぐに、八つ当たりだと気づいた。

言ってしまったあとに、どうしようもない情けなさに苛《さいな》まれる。

涙目なのを知られたくなくて、私は二人から視線を外し、空を見上げた。

周囲を建物に囲まれた四角い空は、綺麗な青でなんだか無性に悲しい。

（え？）

そして見上げた先に、私は奇妙なものを見つけた。

最初は見間違いかと目をこすったが、どうやらそうではないらしい。

何度瞬《まばた》きしても、変わらず同じものが私の視界に入ってくる。
『ヴィサ君！』
私のそばに浮かんで事の成り行きを見守っていたヴィサ君を呼ぶ。
『お？　おお……』
『上にあるアレ、何かな……？』
おそるおそる、私はソレを指差した。
アドラスティア商会の倉庫の跡地に、あまりにも場違いな物体が浮かんでいる。
位置はそれほど高くはない。二階建ての建物の屋根ぐらいの高さだ。
黒い粒が無数に集まった、以前見た闇の精霊のような、おぞましい姿。
まるで中に何かを宿しているかのごとく、黒い塊《かたまり》がドクドクと脈打っている。
植物とも、動物とも違う。
絡《から》み合う木の枝に似て、それでいて血管の浮いた内臓にも見える奇妙な形だ。
生理的な嫌悪を感じて、私は手のひらで口を押さえた。
『なんだよ、ありゃあ……』
ヴィサ君と、ここへのお出かけから合流していたまりもも、呆然と上を見上げている。
私と比べようもないほど長生きしている二人でも、その物体に見覚えはないらしい。

「リル……？　上に何かあるのか？」

問いかけてきたのはゲイルだった。ミハイルも不思議そうに私を見ている。

ということは、あの物体は二人には見えていないのだ。

アレは、闇属性の何かということで間違いなさそうである。

もっと言うなら、クェーサーの仕掛けた何かである可能性が高い。

『ヴィサ君、カノープスを呼んできて』

『お、おう！』

ヴィサ君が飛んでいく。

アレがシリウスの呪《のろ》いに関係あってもそうじゃなくても、放っておくわけにはいかない。

ギリリと、私は痛いほど唇を噛《か》み締めた。

しぶしぶといった体《てい》でヴィサ君に引っ張ってこられたカノープスは、その塊《かたまり》を目にした瞬間に言葉を失くした。

「なんだ……これは……」

エルフである彼すらも知らない物体。

シリウスは、果たしてこの塊《かたまり》に気づいていたのだろうか？

そしてこの塊《かたまり》は、シリウスの病《やまい》になんらかの関わりがあるのだろうか？

闇の魔法粒子《まほうりゅうし》をまとった物体は、先ほどから息づくようにドクンドクンと鼓動を繰り返している。

カノープスと魔導省の職員がさっそくその塊《かたまり》について調査したが、わかったことは少なかった。

まず、ソレが闇属性で、ゲイルとミハイルだけでなく職員にも見えないこと。

そして明らかに生きているということ。

ソレは精霊でも魔物でもない、何かだということ。

調査のために雑草が取り払われた更地の地面からは、その塊《かたまり》を隠すためのペンタクルが発見された。いわく、対象物を上や横からでは探知できなくさせて、下から見上げたときにだけ視認できるようにさせる性質のペンタクルらしい。しかもそのペンタクルを見ることができるのも、闇属性を持つ者だけ。

パッと見、『隠身《おんしん》』のペンタクルにも似ていたが、私はそのペンタクルを見たことがない。

そのペンタクルを無効化すると、遠くからでも塊《かたまり》が見えるようになった。

しかしあくまでそれだけのことであり、しかも私とカノープス、それに精霊達にしか、塊《かたまり》の姿は見えないのだった。

＊
❖
＊

私達がアドラスティア商会の跡地で奇妙な塊《かたまり》を見つけてから五日。

私は、このところの日課であるシリウスのお見舞いをしていた。というより、私はすでに魔導省で寝起きするようになっており、眠り続けるシリウスの身の回りの世話をしているのだ。

例の物体の調査は、カノープスが一手に引き受けてくれたし、私が行ってもできることはない。

だから、日中は世話を終えると呪《のろ》いを解く手がかりを探して王都中を駆《か》けずり回り、夜は月明かりの下でシリウスの白い寝顔を見て過ごした。

眠るシリウスの寝息はかすかだ。

いつかその音が聞こえなくなるときが来るのかと、私はいつも怯《おび》えていた。

その日、シリウスの眠る寝室に入ると、彼の世話係であるユーガンがシリウスの体を拭《ぬぐ》っていた。シリウスの白い体には、黒い文様が禍々《まがまが》しく広がり続けている。

「リルさま……」

いつも、世話係を引退できないとぼやきながら働いていたユーガンも、最近はめっきり老けこんでしまった。

シリウスの世話をすることを運命づけられて生まれた彼は、このかつてない事態にどう対処するべきか戸惑っているのだろう。

それはおそらく、シリウスの状況を知る誰もが同じ思いだった。

大陸に花咲く大国メイユーズ。しかしその安寧《あんねい》を今まで守ってきたのは、不死である賢者——地上唯一《ゆいいつ》のエルフであるシリウスだということは、疑いようもなかった。

彼を失えばメイユーズはどうなってしまうのか。

それは誰にもわからない。

ただそんなことは関係なしに、私はシリウスを失いたくなかった。

それに私は、彼が目を覚ましたら、彼に直接、青星との関係を聞きたいのだ。

私はそっと、シリウスの眠るベッドの傍《かたわ》らに立つ。

人よりも白い肌に浮かぶ、黒い文様。

それがどうしようもなく恐ろしく、そして憎くてたまらない。

なのに自分はあまりにも無力だ。

もう一度目を開けてほしいのに、何か話しかけてほしいのに。

そう思いながら、手のひらをぎゅっと握《にぎ》った。

私の様子に気づいたのだろう。ユーガンはそっと衣《ころも》でシリウスの体を隠す。

「……あまり、思いつめないでくださいませ」

とても小さな声で、ユーガンは言った。

以前は厳格で知られた彼だが、今はただの年老いた男性に見える。

見上げた私に、彼はそっと目を細めた。

「シリウス様は、確かにあなたを慈《いつく》しんでおられた。だから、あなたがそのような顔をすることを望みはしないでしょう」

望まないと言われても、どんな顔をしていればいいのか。

大切な人を失うかもしれないという瀬戸際《せとぎわ》で、道化のように笑ってはいられない。

「ユーガンさんは、シリウスが病《やまい》に冒《おか》されていることに、気づいていらしたんですか?」

無意識に、私の声音はとげとげと鋭《するど》くなった。

ユーガンが、痛みをこらえるような顔をする。

ああ、こんなの八つ当たりだとわかっているのに。

「……申し訳ございません。シリウス様が眠りにつくまで、まったく気づきもせず……」

ユーガンの語尾に苦いものが混じる。

私の喉元《のどもと》にも、後味の悪い苦々しさだけが残った。

たとえユーガンを傷つけたところで、シリウスが目を覚ますはずもないのに。

私は馬鹿だ。

「ごめんなさい。八つ当たりをしました。今日はこれで失礼します」

足早に、私はその部屋を立ち去った。

苦しい、悲しい、つらい、やるせない。

この喉元《のどもと》にある息苦しさは、そのうちの一体どれだろうか？

魔導省の建物を離れ、私は人目を避けるように物陰を歩いた。

今は、誰とも話したくない。誰にも会いたくなかった。

ほかの人に会ったなら、今度はその人を傷つけてしまうかもしれない。

私は、自分の心のうちで暴れる感情を抑えることができなかった。

回廊を抜け、中庭を抜け――と歩いていると、私は見知らぬ場所に迷いこんだ。

王城の中はどこも兵士が見張っているはずなので、普段ならばどこかで止められている。

しかし人気《ひとけ》を避けて歩き続けた小さな子供の私は、いつの間にか城の敷地の奥深くにまで入りこんでしまったようだ。

「どこ、ここ……？」

あたりに人の気配はなく、古い井戸が一つ、ぽつんと置かれている。黒い石が積み上げられた、古井戸だ。

なんだかそこはひどく不気味で、おどろおどろしい雰囲気がある。

早くそばを離れたいという気持ちがあるのに、目が離せない。

私は吸い寄せられたかのごとく、ゆっくりとその井戸に近づいた。

崩れた石組みと、どこか深淵《しんえん》に続いているみたいな井戸の穴。

その中からは、ビョウビョウと不気味な音がする。

「そこに近づくな！」

いつの間にか、私は身を乗り出すようにして中を覗きこんでいたらしい。

そして突然声をかけられたせいで、驚いてバランスを崩してしまう。

気づけば、私は真っ暗な闇の中に落ちていた。

「キャーッ！」

喉《のど》から甲高《かんだか》い悲鳴が漏《も》れる。

『リル！』

ヴィサ君が私の名前を呼んだ。
遠ざかる光の中で、誰かがこちらを見ていた。

6周目　明かされた真実

井戸の中に落ちた私を受け止めたのは、冷たい水面でも硬い岩盤《がんばん》でもなく、ネットのように柔らかくしなる植物の蔓《つる》だった。

それでも背中に感じた衝撃は、まるで内臓が飛び出てしまうかと思ったほどだ。

ドキドキと、心臓がせわしなく脈打っている。

『リル！　大丈夫か!?』

ヴィサ君が私の顔を覗きこむ。

その背後には、人型のラーフラの姿があった。

どうやら、彼が咄嗟《とっさ》に植物を生やして、助けてくれたらしい。

だって、こんな光の届かない井戸の底に、植物が芽吹くはずがないもんね。

『無事か？』

植物の蔓《つる》はゆっくり私を地面に下ろすと、そのまま静かに枯れ落ちていく。

その動きに合わせるように、ラーフラもしゅるしゅるとまりもの姿に戻る。

「あ、ありがとう、二人とも……」

私は胸を押さえながらそう言うのが、やっとだった。

『ったく、突然声をかけてくるなんて、危ないだろうが！』

ヴィサ君はぷりぷりと怒って上を見上げていた。

遥か上空に、丸く小さな穴があるのがわかる。

あれが井戸の入口だとしたら、私はかなり深いところまで落下したらしい。

改めて、心からラーフラに感謝した。

ヴィサ君はといえば、狭い穴の中では咄嗟《とっさ》に大きくなることもできず、手柄をラーフラに奪われたとこぼしている。

ようやく立ち直ってきた私は、そんなヴィサ君にくすりと笑った。

彼の力はよくも悪くも大味なので、こういう狭い場所での対処は苦手なのだ。

普段やっている防音魔法だって、私との特訓の末にようやく細かいさじ加減を覚えたくらいなのだから。

おっと、現実逃避はこれくらいにして。

井戸の底は、光が差さない暗い闇だった。

ただ、ヴィサ君とラーフラが魔法粒子《まほうりゅうし》で淡く発光しているので、なんとなく様子が

わかる。あたりに現状を打開できるようなものは、何もなさそうだった。

井戸はかなり前に枯れたらしく、底に敷き詰められた石が乾いている。

相変わらずビョウビョウという音がしていて、それが叫び声のようでひどく不気味だ。

しかし風の音がするということは、この井戸はどこかに別の入口か穴があるのだろうか？

手探りで壁に『発光』のペンタクルを描くと、現れたのは冷たい石の洞窟《どうくつ》だった。

「何？　ここ……」

ぞっとした。

井戸の底から、明らかに人の手によって作られた横穴がのびている。ビョウビョウという音は、その向こうから聞こえていた。

これは、水を汲むために作られた普通の井戸じゃない。

それが一目でわかった。

「水を溜める用の井戸なら、空気の通る音なんてするはずないもんね」

独り言のように、私は呟《つぶや》く。

心の中でせめぎ合っているのは、恐怖と少しの好奇心。

暗く長い横穴は不気味だが、その先に何があるのか気にならないといえば、嘘になる。

それに、ここで助けを待つよりも、この洞窟《どうくつ》の先にあるはずの空気孔を目指す方が、早く外に出られるかもしれない。

ただ気がかりなのは、井戸の古さから考えて、落盤の危険があるということだ。

井戸の底には、蛇《へび》の抜け殻のように腐り落ちた縄梯子《なわばしご》が散らばっていた。

助けは、来るだろうか？

ラーフラに力を借りて外まで蔓《つる》を伸ばしてもらうこともできそうだったが、外には、先ほど私に声をかけてきた誰かがいるのだ。

もしその相手が、こちらに敵意を持っていたらどうする？

そんな迷いに捉《とら》われて、私はしばらくその場所で立ち竦《すく》んでいた。

「どけ！」

声が聞こえたのは、そのときだ。

声のした空を見上げれば、黒い人影が落下してくる。

驚いて、その場から飛び退《の》いた。

するとほどなくして、誰かが私の目の前に着地する。

しなやかな手足で体操選手のような見事な着地を決め、衝撃を殺す。

人が飛び下りて無事で済む高さではないはずだが。

「あなた……」

私は思わず息を呑んだ。

ペンタクルが放つ光に映し出されたのは、長い髪をまとめたとても美しい女性だった。

女性はスカートを穿《は》くのが当たり前。そんなこの世界にあって、彼女は体にフィットした黒い革のつなぎのような服装だった。

まるでゲームの登場人物みたいだ。いや、ここはゲームの世界なんだけどね。

そしてさらに驚いたことに、私はその女性に見覚えがあった。

「まさか、パールなの？」

この場にいるはずのないマクレーン家に仕《つか》える美貌《びぼう》のお目付け役と、彼女はひどく似通っていた。同一人物と言って差し支えないほど。

ただ、彼女から向けられる眼差《まなざ》しに、私は言葉をなくした。

彼女はいつもの完璧な笑みではなく、抜き身の剣のように鋭《するど》い表情を浮かべている。

その雰囲気も服装も、私が知っているパールとは何もかもが違いすぎた。

双子かそっくりの赤の他人と言われた方が、まだ説得力があるくらいだ。

「――ここで何をしていた？」

口火を切ったのはパールの方だった。

彼女は聞いたこともないほど冷たい声で、そう言う。

「何って……」

私は何か言い訳めいたものを、口の中でモゴモゴと呟《つぶや》いた。

別に非難されることは何もしていないはずなのに、そんな冷たい態度を取られれば、何かこちらが悪いことをしたような気になってしまう。

冷静に考えれば、城の奥でこうして不審な格好をしているパールの方が、よっぽど咎《とが》められるべき立場だと思うのだが。

「あなたこそ、どうしてここに？　井戸の上で私に声をかけたのは、あなただったの？」

パールは答えない。ただ鋭《するど》い眼差《まなざ》しで見つめてくる。

まるで私の心を見抜こうとしているかのようだ。

ぎゅっと手を握《にぎ》りしめる。

もし彼女が私に襲いかかってきたとしても、私にはヴィサ君とラーフラがいる！

「――お前は一体何者だ？　リル・ステイシー」

「え？」

「いくら調査しても、お前の過去が出てこない。ゲイル・ステイシーの養子に入る前は、単なる平民だったそうだな？　しかし登録されている出身の村では、お前を知る者すらいなかった」

早口で指摘され、息を呑む。

どうしてパールが、こんなことを言ってくるのだろう。

それもこのタイミングで。

ゆらりと立ち上がった彼女に気圧《けお》され、私は思わず一歩下がる。

「今はアラン・メリスと婚約中だそうだが、没落しかけたとはいえ名門貴族。一体どのようにして取り入った？」

パールはザリザリとこちらへ足を進めてきた。

自然と私は、スペースのある横穴の方向へ後退することになる。

じりじりと、私達の距離が詰まっていく。

ところが、突如上空から吹いた突風により、パールは体勢を崩した。まとめられた彼女の髪が乱れる。

『リルをどうするつもりだ！』

風を起こしたのはヴィサ君だった。

その証拠に、ヴィサ君の近くにいる私の周りの空気は、そよりともしない。

風は私を通り越して、横穴へと逃げていった。ビョウビョウと音がひどくなる。

「ヴィサ君、やめて！」

私の声に反応して、風がやんだ。

パールは自らを守るように、壁に寄り添って伏せていた。

するとどこからともなく蔦《つた》が伸びてきて、彼女の体に絡《から》みつく。

「くそっ」

『ふん。人など他愛もない』

こちらはどうやらラーフラの仕業《しわざ》のようだ。

そうして精霊達によって、あっという間に形勢は逆転した。

「二人とも、ありがとう」

パールの動きが制限されたことで、私も落ち着きを取り戻す。

「あの、大丈夫ですか……？」

私が言うことではないとは思ったが、一応、ヴィサ君とラーフラの飼い主もどきとしては、パールを心配しないわけにはいかなかった。

彼女にそっと手を伸ばす。

「触らないで！」

しかしぴしゃりと断言され、伸ばしかけた手が止まった。

彼女は先ほどよりも鋭《するど》い視線を、私に向ける。

どうしてそんなに彼女を怒らせてしまったのか、私にはまったくわからない。

「今の力は、四年前に下民街《げみんがい》で発見された精霊と契約した少女の記録と合致する。やはりあなたは、リシェール・メリスなのね……」

どこか気だるげに、そしてなぜか悲しそうに、パールは呟《つぶや》いた。

「突然、何を……」

彼女が私の本名を言い当てたことよりも、彼女の表情が気にかかって仕方ない。

まるで私がリシェールであってほしくはなかった、と言っているような、その表情。

パールは大きなため息をついた。そして言う。

「……あなたに、見せたいものがあるの。だからこの蔦《つた》を解いて」

『ラーフラ、お願い』

彼女の言う通りにするようにと思念で伝えると、二匹の精霊から反対される。

『解かぬ方がよいのではないか？』

『リル！』

『危険かもしれなくても、私は彼女の話が聞きたい』

すると蔦《つた》は、ラーフラの戸惑いを表すかのようにずるずると解けた。

パールはゆっくり立ち上がると、自分の体に不備がないかと各部を折ったり伸ばしたりしている。

その間、私は少しの隙《すき》も見せないよう、じっとパールを見つめていた。

「そんなに警戒しなくたって、精霊持ち相手に手を出したりなんてしないわよ。さっきのはあなたの力を確認したかっただけ。さぁ、こっちよ」

どこか投げやりに言い捨てると、パールは井戸の横道を進みはじめた。

少し間を置いて、私もそれに続く。

真っ暗な道を、彼女は迷いなく進んだ。

『リル！　あんなやつについていくなんて危険だ』

『我《われ》も同意しない。アレの目的が見えん』

精霊達の囁《ささや》きもあり、私はしばし彼女の言葉に従うべきか悩む。

しかし、私がリシェール・メリスだと見抜いた彼女を、そのまま放っておくわけにもいかない。

『ごめん。彼女についていく。二人は何があっても対応できるよう、備えていて』

我《われ》ながら身勝手な頼みだと思ったが、そう念じつつ、パールのあとを追った。

こっちだと言う割に彼女は私がついてくるかを確かめもせず、どんどん先に進んでしまう。

おかげで、危《あや》うく『発光』のペンタクルを消し忘れるところだった。

魔力を浪費してしまうので、発動させたままペンタクルから離れてはいけないと、珍しく私を叱ったシリウスの姿が脳裏によみがえる。

感傷を振り切るように、私は地下の道を走った。

「ねえ、パール。あなたはどうしてあそこにいたの？」

試しに問いかけてみるが、返事はない。

パールは黙りこんだまま、真っ暗な道をどんどん先へと突き進んでいく。

光取りの穴すらない道は、完全なる闇だった。

私は壁に手を這《は》わせ、パールの立てる足音だけを頼りに先へ進んだ。

彼女の足音に迷いはない。

どうやらパールは、この地下道を歩き慣れているらしかった。

『なんか、この洞窟《どうくつ》……』

『気づいたか？　我《われ》も妙だと思っていた』

『とっくに気づいてたわ！　無駄口叩くな』

『先に言い出したのはそちらだろう……』

私の上空で、ヴィサ君とまりもがなんだかよくわからない言い合いをはじめる。

いついかなるときも、やっぱり私の精霊達には緊張感が足りない。

そんなことを考えながら、先に進んだ。

闇の中では、時間の感覚が狂う。

どれほど歩いたのか。それほど長い時間ではないはずだけれど、いつからか足がじんじんと痛むようになっていた。

やはり子供の足で大人の歩くスピードに合わせるのは、無理があるのだ。

はあはあと息が上がり、荒い息遣いが闇の中で木霊《こだま》した。

パールは何も言わない。ただ黙々と先へ進んでいくだけだ。

「まっ、待って！」

こらえかねてそう声をかけたところで、ようやくパールの足音がやんだ。

様子をうかがっていると、突然壁に這《は》わせていた手を取られて、驚く。

「えっ！」

何かを言う暇もなく、奪われた手を壁の突起に押しつけられた。

ざらざらした壁とは違って、その突起は不思議とつるつるしている。

何か丸い大きな玉が、壁に埋まっているようだ。

それはまるで、騎士団本部の扉にある、来客を告げる石に似ていた。

騎士団の本部として使われている建物は、メイユーズの建国以前からあの場所にあったとても古い建物だ。

その建物にある扉の仕掛けも、今の技術ではなく当初からのものだと聞いている。

そんなことを思い出していると、突然、視界が開けた。

「何……これ？」

私の触れた突起が、突然淡い黄緑色に発光しはじめた。

それが幾筋もの線になり、線は壁に複雑な文様を描きながら広がっていく。

目をくらませるほどの眩《まぶ》しい光ではない。まるで訪れた人間を驚かせないようにと配慮しているみたいに、目に優しい光の筋。

しばらくすると、その場所一帯は光の描く文様によって満たされた。

やがて、私達はいつの間にか広大な部屋に辿《たど》りついていたと知る。

石で組まれたドーム状の天井には、見覚えのない文様が淡く浮かび上がる。

太古の文字に近いイメージだが、見たこともないものだ。

前世で見た、古代遺跡に刻まれた文字を思い出す。

もし常時であったなら、私はその光の作り出す幻想的な光景を、素直に楽しめたことだろう。

しかしその文様がなんであって、またこの部屋が何なのかすら、わからない状況だ。

「……やっぱり、あなたなのね」

何がやっぱりなのかわからないが、パールは悲しげに呟《つぶや》いた。

「何がですか？」

「いいわ。あなたは、きっと知るべきなのね。きっと遠い先祖達が、この地にあなたを呼んだのでしょう」

パールが何を言っているのか、私にはまったくわからなかった。

ただ彼女に促《うなが》されるまま、部屋の中にある段差に腰を下ろす。

私が突起から手を離しても、部屋の光は消えなかった。

すると、足元からさらさら音が聞こえてくる。

驚くべきことに、足元に掘られた溝に水が通っていた。人工の小川らしい。

その水は透《す》き通っていて、私はパールに促《うなが》されてその水を飲んだ。

もちろん、彼女が先に飲んだのを確認してからだ。

冷たい水はおいしくて、すぐに私の喉《のど》を潤《うるお》してくれた。

「何から、話すべきなのか……」

私の隣に腰かけたパールは、そう言ってため息をつく。

その悩ましげな美しい顔を、私は黙って見上げる。

「マリアンヌ……あなたのお母さんは、この大陸の生まれではないの」

突然出てきた母の名前に、私は言葉を失った。

なぜパールが、私の母を知っているのだろうか？

メリス侯爵家でランドリーメイドをしていた彼女のことを知る人物は、少ない。

「母を知っているんですか？」

俯《うつむ》いたパールの顔に、影が射《さ》した。

「私達は、同じ村で生まれたのよ」

「同じ村、で？」

「ええ」

母は、私に故郷のことを話したがらなかった。

だから、母の生まれた場所のことを、私は何も知らない。

「あなたのお母さんの本当の名前はね、リベルタスというの」

「リベルタス？」

聞き覚えのない名前だ。

突然何を言い出すのだろうか?

だとしたら母は、私に本当の名前を黙っていたというのか。

パールの言葉を信じたくない気持ちと、もっと詳しく聞きたいという気持ちが交錯する。

耳慣れないその名前は、口にしてみたところで、まったく親しみの湧かない硬質な響きだった。

「リベルタスは、あなたに何も言わずに逝《い》ったのね……。きっとそれが、正しい判断だったのでしょうけど」

パールは悲しげに黙りこむ。

私は思わず、身を乗り出していた。

「ねえ! パールはお母さんのことを何か知っているの!? お母さんは私に何を黙っていたっていうの!?」

探し求めていたわけではなくても、あるとわかれば、途端に母の縁《よすが》が恋しくなった。

「落ち着いて。私の知っていることはすべて話す。それから、何をどうするのかは、あなた自身で判断して」

何かを決意した顔で、パールはそう言った。

その張りつめた表情に、私も思わず黙りこむ。

パールはおもむろに、光が走る壁を撫《な》でた。

見た目は、砂を固めたようなざらついた壁だが、不思議なことに触っても砂一粒すら落ちない。

この部屋は、一体どれほど古いものなのだろうか？

「私や……リベルタスの祖先は、遥か昔、この地に暮らしていたの。それはメイユーズ国ができる前の話よ」

「え？」

「私達の村の言い伝えでは、その頃は今よりも人間界と精霊界がずっと近くにあったんですって。人は誰でも自由に精霊の姿を見ることができた。彼らは互いに共存していたのよ」

私とヴィサ君は顔を見合わせた。

今のメイユーズ国では、人間には精霊の姿が見えないのが普通だ。

仮に、魔力が強くて見ることができたとしても、自分の持つ属性の精霊だけである。

私はミハイルに師事していたおかげで歴史にかなり詳しい方だけれども、メイユーズの建国以前にそんなことがあったというのは、初耳だった。

「でも一族の中から特に力の強い若者が現れて、王に立った。そして彼は、精霊を使役する方法を編み出したの」

「それって……」

嫌なキーワードだ。

精霊を使役する一族に、私は覚えがある。

「若者の名前はアドラスティア。私達はメイユーズ国によって滅《ほろ》ぼされた、精霊使いの末裔《まつえい》なのよ」

「嘘！」

思わず叫んでいた。

母が、クェーサーと同じ精霊使いの末裔《まつえい》だったというのか。

あの優しくて、柔らかくて、いつも私を守ってくれた母が。

嘘だ、そんなはずがない。感情がそう否定する。

「嘘ではないわ。信じたくない気持ちもわかるけれど……あなたが精霊と契約できていることが、何よりの証《あかし》よ。精霊使いは、精霊と契約して彼らを使役する。あなた、自分以外に精霊と契約した人間を見たことがある？」

彼女の疑問に、私は何も答えられなかった。

だって彼女の言う通りだったからだ。

自分以外に精霊と契約した人を、私は見たことがない。

ゲームの中でも、そんなキャラクターはリシェール以外にいなかった気がする。

「うそっ……そんな、だって！」

「それにね、あなたがここにいること自体も、その証拠なのよ。あの井戸はね、一族の血を引く者以外には見えないようになっているの。なのにあなたは、無事ここまで辿《たど》りついてしまった。果てには、古《いにしえ》の伝承を灯《とも》すことまでやってのけた。あの石に触れて壁に光を灯《とも》すことができるのも、一族の血を引く者だけなの。疑いようもない。あなたは私の同胞だわ」

じわじわと、目の縁《ふち》から何かが溢《あふ》れ出る感覚があった。

だって私の祖先が、ヴィサ君達精霊を苦しめた精霊使いだなんて、信じたくない。

でもそう言われてみれば、納得のできることもいくつかあった。

なぜ私は闇の属性を持つのか。そして、クェーサーの邪魔をする私はなぜ殺されないのか。

素朴に疑問を抱いていたけれど、そういうことなら辻褄《つじつま》が合う。

信じたくないのに、過去の出来事がパールの言葉を肯定する。

「あなたの母親のリベルタスも、元々はメリス家にスパイとして潜入していたの。まさかそこで、嫡男《ちゃくなん》のジーク・リア・メリスと恋に落ちてしまうなんて……まるで物語みたいよね」

パールは皮肉げに言った。

「あのね、誤解がないように言っておくけど、私達はクェーサーとは違う。クェーサーは私達アドラスティア一族の中でも異端なの。生まれつき強い力を持ったせいで、自分達を滅《ほろ》ぼした国々に復讐《ふくしゅう》できると思いこんでる、狂信者。彼に賛同する者がいることは事実よ。でも、アドラスティアの一族がみんな復讐《ふくしゅう》を望んでいるわけではないわ」

「どういう、こと？」

話が呑みこめない私に、パールは続ける。

「かつて徹底的に滅《ほろ》ぼされた私達の一族は、命からがら東の島国に逃げのびた。でもその数はとても少なかったし、生き残った者達は誰もが戦いに傷ついていて、もう誰も大陸には戻りたがらなかったわ。だから何百年もの間、私達はその島国で慎《つつ》ましく暮らしていたの。でも、大陸の船や移動ペンタクルがどんどん進歩して、その島国にも少しずつ大陸の人々がやってくるようになった」

パールは一度話を切り、息をついた。

「このままでは、いつか精霊使いの子孫だということがバレて、また迫害を受けるかもしれない。それを恐れていたとき、私達の力に目をつけた大陸の有力者が、隠密として働かないかと言ってきた。私達は近親婚を繰り返してきたせいで、大陸の人々よりも太古の力を残していたの。それから、私達の一族はずっと大陸の歴史に寄り添ってきた。時に戦争に加担したり、時に戦争を未然に防いだりしながら。でも大陸の人々は誰も、私達が精霊使いの末裔《まつえい》だとは知らない。東の島国の、土着の民《たみ》だと思ってる」

パールの言葉には、どこか自嘲《じちょう》の響きがあった。

「そして、互いに利用し利用されながら、私達はずっと共生してきた。でも一族の女からクェーサーが生まれたことで、事情が変わったの」

「……な、なんで？」

そう言うのが、精一杯だった。

はじめて耳にする大陸の裏側の歴史に、理解が追いつかないのだ。

「あるときクェーサーは、一族が大陸に張り巡《めぐ》らせた情報網を用いれば、大陸を取り戻すことができると言いはじめたの。はじめは誰も本気にしなかったけれど、クェーサーは一族が隠れ蓑《みの》にしているアドラスティア商会の力を使って、いろんな国に少しずつ戦争の種を蒔《ま》きはじめた。自分の手は汚さず、国同士がつぶし合うように工作したの。東国のテアニーチェも、それで滅《ほろ》んだのよ。そうしてクェーサーが実績を積み重ねていくうちに、一族の中から彼に協力する者が出はじめた。それから、大陸に再び君臨するなんて馬鹿な夢を、若者が恥じらいもなく口にするようになった」

「あなたも、そうなの？」

思わず口から出た疑問に、パールは心外だという顔をした。

「そんなわけないでしょ。向こう見ずな夢を見られるほど、私はもう若くないの。一族に害が及ばないよう、火を消して回るので精一杯。クェーサーに感化された若者はどんどんそちらに行ってしまうし、最悪よ」

私の目に彼女は充分若々しく映るのだが、その言葉はどこか老成している。

「前置きが長くなったけれど、一番肝心なのは今から話すことよ。だからちゃんと聞いて、自分でよく考えて決断してほしい。あなたはどうするのか。誰の味方になるのかを――」

ごくりと、自分の喉《のど》から唾を呑みこむ音がした。

パールが私の顔を覗きこんでくる。

「クェーサーは……メイユーズを滅《ほろ》ぼすために、アドラスティア王をよみがえらせる気よ。城下で見つかった闇の塊《かたまり》は、その一部。術が完成すれば、メイユーズどころか大陸全体が危ない」

紡ぎだされたパールの言葉は、私の想像を遥かに超えていた。

「……信じられない」

思わず、そんな呟《つぶや》きが無意識に口からこぼれ出ていた。

パールは眉をひそめ、不機嫌そうな表情を作る。

美女というのは眉をひそめるだけで、大層な迫力があるのだなと、のんきにも思った。

「信じたくない気持ちもわかる。でも、事態は一刻を争うわ。クェーサーはおそらく、あなたを狙っている」

『なんだって⁉』

頭の中に響いたのは、私の思いではなくヴィサ君の叫びだった。

そして、驚くべきことが起こる。

私の目の前に、見知らぬ男性が現れたのだ。

鍛《きた》え抜かれた細身の体躯《たいく》に、まるでアラビアの民族衣装のような服をまとった青年である。

上半身は素肌の上にスカイブルーの小さなベストを身に着け、裾のゆったりとした白いズボンには随所に精緻《せいち》な金の刺繍《ししゅう》が施《ほどこ》されている。

日焼けした肌によく映《は》える純白の毛髪。そしてきつく吊り上がった目は、ヴィサ君と同じ凍えるような青色。彼の頬には、風のペンタクルに似た模様が浮かんでいる。

突然現れた彼は、誰？

「お前、勝手なことを言うと承知しないぞ！」

「なんと思われようと勝手だわ。別に信じなくてもいい。ただ、あとでひどく後悔することになるでしょうけどね」

ケンカ腰で言い合う二人を前に、私はおろおろしてばかり。するといつの間にか、私の隣に緑髪の男が立っていた。人型のラーフラだ。

しかし彼はいつものように透《す》けてはいなかった。

実体として、彼はそこに立っている。

「ラーフラ？　どうして透《す》けてないの？」

「ふむ。どうやらこの洞窟《どうくつ》は、我々《われわれ》精霊の力を増幅する効果があるらしい。風のも、それで真の姿を取り戻したというわけだ」

「風の？」

「わからないのか？　あそこで言い争いをしているだろう。あれは風の精霊王だぞ」

「え⁉」

風の精霊王とは、ヴィサ君のことだ。

つまり、あの男性はヴィサ君なの？

確かに、目の色や頬に浮かぶ風のペンタクルに似た模様は、ヴィサ君と同じものだ。

しかし、私はラーフラの言葉をなかなか信じることができなかった。

ヴィサ君と出会ってから今まで、彼が人の姿になったことなど一度もなかったからだ。

しかし、その男性はずかずかと私に近づいてきて、呆然とする私を抱《かか》え上げた。

「もういい。リル、行くぞ！」

「え、ええ!?」

荷物のように肩に担《かつ》がれ、その高さに眩暈《めまい》がする。

「ちょ、ちょっと、あなた、ヴィサ君なの？」

「何を今さら……あ、そういえば、今までこの姿を見せたことはなかったか？」

今気づいたというように、ヴィサ君はあっけらかんと言った。

私はといえば、驚きのあまり呆然とするしかない。

しかしヴィサ君は、私を置いてきぼりにして話を進めてしまう。

「こんな女と一緒にいるのは危険だ。リル、外に出るぞ！」

「え、ちょっと待って！　まだパールの話が……」

「この女の言うことは全部でたらめだ！　リルが精霊使いの血を引いてるわけないだ

ろ！」

「でも、それならなんで、私はヴィサ君と契約できたの？　私以外の人間で、精霊と契約している人なんて見たことない！」

「それは――……」

ヴィサ君が困ったように言葉を濁《にご》す。

その態度が、私の中の疑いを確信に変えた。

やっぱり私の母は、精霊使いの末裔《まつえい》だったのだ。そして――私も。

「この部屋は太古の魔力に満ちているの。姿が変わったというのなら、おそらくそれが原因でしょう」

パールは特に驚いた様子もなく言った。

まるで彼女は、それが当たり前だとでも言わんばかりだ。

ヴィサ君は気が落ち着いてきたのか、帰ろうとするのをやめる。

私はヴィサ君に下ろしてもらい、おそるおそる彼の体に触れた。

引き締まった腹筋には確かな温もりがあり、彼がそこに存在していることは疑いようもない。

「女。クェーサーがリルを狙っているというのは、どういう意味だ？」

ヴィサ君がパールに問いかけた。押し殺したその声音は、聞いただけで震えてしまいそうなほど殺気に満ちている。

人の姿をとっていても、ヴィサ君は獣《けもの》に近い。

あるいは、縦に長い光彩を持った、彼の目がそう感じさせるのかもしれない。

そして薄く開いた口から覗く、大きな犬歯。

その鋭《するど》さは、肉食獣を思わせる。

彼はそばにいた私を守るように抱きこむと、パールに対して冷たく睨《にら》んで威嚇《いかく》した。

パールには、不思議と少しも動揺した様子がない。

彼女の言葉は平坦で、そして冷静だった。

「クェーサーは、あなたを必要としている。生贄《いけにえ》としてね」

「生贄《いけにえ》?」

「そう。クェーサーはより強い力を得るために、始祖《しそ》であるアドラスティア王をよみがえらせようとしているの。そしてそのためには、生贄《いけにえ》が要《い》る」

「どうしてそれが、リルになる?」

ヴィサ君が剣呑《けんのん》に呟《つぶや》く。

すると、パールは突然立ち上がり、壁に指を這《は》わせた。

黄緑色の淡い光が、彼女の頬を照らす。

「その理由はここに書かれているわ。壁に刻まれた文様は、太古の文字なの。『我《われ》の力を望む者、我《われ》に漆黒《しっこく》の乙女の血を捧《ささ》げよ』ってね」

「漆黒《しっこく》の、乙女？」

「そう。大陸人は自らの持つ魔法属性が、髪色や目の色に影響することが多い。時ならば紫。水ならば青、というようにね。同じことが、私達にも言える」

「でも、漆黒《しっこく》じゃ……」

私のように黒い髪や瞳は、貴族にはほとんどいない。

平民の中に、まれに現れるだけの色だ。

しかしパールは、そうではないという風に首を振った。

「私達アドラスティアの一族はね、大陸人とは魔法属性や魔力の強さの現れ方が違うの。魔力が強いほど、その髪は黒に近くなる。あなたのような漆黒《しっこく》の髪を持つ者は、滅多《めった》にいないわ」

そういうパールの髪色は、気品溢《あふ》れる葡萄茶色《えびちゃいろ》だ。それはまるで時を経たワインのように、果てしなく黒に近い紫だった。

「そんな！　でも前にクェーサーに会ったときは、そんなこと一言も……」

かつて城でクェーサーと相対したときもマクレーン邸で会ったときも、彼はそんな素振りなどまったく見せなかった。パールの言葉が本当なら、いくらでも私の血を手に入れる機会はあっただろうに。

「おそらく、そのときは準備が整っていなかったのね。あそこを見て」

そう言ってパールが指差したのは、黄緑色の光を放つ天井だった。彼女が指差すその先には、光の線で円形のペンタクルのようなものが描かれている。

「あれが、アドラスティア王をよみがえらせるための方陣——こちら風に言えば、ペンタクルなのでしょう。クェーサーは今、王都全体を使ってあの方陣を描いている最中なの。それが完成したときに、漆黒《しっこく》の乙女の生血を捧《ささ》げれば、アドラスティア王はよみがえる」

「——王都にペンタクルを？」

信じられない思いで、私は呟《つぶや》く。

「そうよ。城下で見つかったあの闇の塊《かたまり》は、アンテルドを核にして人の怨嗟《えんさ》で織りなしたもの。古くから伝わる、闇の精霊を作り出すための方法よ。本来は長い時間をかけて生まれる精霊を、人の手で作り出すための邪法《じゃほう》」

彼女はそう吐き捨てた。

「どういうこと？　アンテルドは人の体に魔導脈を作り出して、死に至らしめる石ではないの?」

ルシアンとアルの体がそれに冒《おか》されたとき、ミハイルは私にそう説明してくれたはずだ。ちなみに魔導脈とは、強い魔力を持つ人間に備わる、魔力を生み出す器官である。

「あれはね、大昔にアドラスティアが作り出した道具なのよ。大陸の人間がそれを見つけ出して、都合よく使っただけでね。本当のあれの使い方というのは、生き物から魔力を吸い出して石に閉じこめ、その力を利用するためにあるの。だから、魔導脈を持たない人間からは同じ働きをする器官を作り出し、生命力を魔力に変換して、吸い出してしまう。魔導脈をすでに持つ者に取り憑《つ》かせれば、今度は死ぬまでその力を奪う」

息継ぎのために、パールは話を切る。

「近年――ちょうど先の内乱騒動に前後して、王都では全身をばらばらにされたむごたらしい死体が発見されるようになった。混乱を抑えるために情報は秘されているけれど、あなたを見て、わかった。あれはクェーサーの仕業《しわざ》よ。彼は王都にアンテルドをばら撒《ま》き、それを使って闇の精霊を生み出して王都に方陣を描こうとしている」

「私を、見て?」

「そう。アドラスティア王を目覚めさせるほどの力を持つ乙女なんて、もう一族にはいないのよ。長い時を経て、私達は精霊を操《あやつ》れるくらいの強い力は失ってしまった。だから、もう誰もアドラスティア王をよみがえらせることなんて、できないと思っていた。でもね……」

パールは悲しげに笑う。

「クェーサーはおそらく、あなたに可能性を見たのよ。精霊王と契約してしまうほどの強い力を持った、あなたに。だからアドラスティア王をよみがえらせるための術を王都に敷いた。あの術が完成してしまったら、もう大陸は滅《ほろ》びるしかない。今はシリウス魔導省長官が我《わ》が身を盾にしてなんとかこらえている状態だけれど、それも、もうあまりもたないでしょうね」

シリウスの名前が出て、びくりと体が震える。

「そんな、じゃあ、私がいたから、クェーサーはアドラスティアをよみがえらせることにしたっていうの？　それがシリウスを苦しめてるの？」

絶望的な気持ちが、私の胸に湧き上がってきた。

私と出会って、アドラスティアをよみがえらせようと決めたクェーサー。

その呪術《じゅじゅつ》から国を守るために、眠りについたシリウス。

私が、王都になんて戻ってこなければよかったのだろうか？

そうしたら、少なくともシリウスはこんな目には遭《あ》わなかった。

そう思うと、たまらなくつらい。

「リル……。おい、女！　嘘を言ってたら承知しないぞ。この忌《い》まわしい精霊使いが！」

ヴィサ君のたくましい腕が、私をぎゅっと抱きしめる。

でも、ヴィサ君の言葉に私はびくりと震えた。

パールの話が正しければ、私にもその精霊使いの血が流れているのだ。

怯《おび》える私を見て、パールはとても優しい顔になった。

「私がこんな嘘みたいな話をあなたにしたのはね、あなたの肩に大陸の未来がかかっているからよ。あなたを手に入れることができなければ、クェーサーの術は完成しない。アドラスティア王さえ復活しなければ、メイユーズ国も、そして眠りについた国の賢者も、助けることができるはず」

「本当？」

パールの言葉に、私は今にも彼女に縋《すが》りつきたくなった。

一体どうすれば、メイユーズ国を、そしてシリウスを救うことができるのか。

それは今の私が、最も必要としている情報だった。

「ええ。シリウス長官が眠りについたのは、クェーサーの術から身を挺《てい》して国を守ろうとしたからよ。だからその術さえ打ち破れば、自然に目を覚ますはず」

「どうすれば！　どうすればクェーサーの術を打ち破ることができるの⁉」

私はヴィサ君の腕から抜け出し、パールの肩に掴みかかる。

私の必死な形相が、彼女の綺麗な瞳に映し出された。

ゆっくりと、パールがその艶《つや》やかな唇を開く。

「それには——まずやってもらわなければいけないことがある」

眩《まぶ》しいのか、パールは目を細め、どこか悲しげな表情でそう答えた。

＊　✣　＊

それから数メニラ後、大きな獣《けもの》の姿になったヴィサ君の背中にまたがって空を飛びながら、私はパールの言葉を思い出していた。

『まずはテイト伯爵に言って、体の時を進めてもらうこと。話はそれからよ』

『体の、時？』

『そうよ。あなたの体は、幼すぎる』

彼女の助言を受けて、私はテイト伯爵のもとへ向かっている。

「リル、あんな女の言うこと本気にするなんて」

非難がましくヴィサ君が言った。

それでも私を乗せて飛んでいるのは、契約を交わした私に、彼は逆らうことができないからだ。

――どうして今まで、気づかなかったのだろう。

私とヴィサ君の契約は、あまりにも私が有利すぎる。

それはまるで、伝え聞く精霊使いの術そのものじゃないか。

自分の中にその血が流れていることに、どうしようもなく嫌悪感が湧く。

母を恨《うら》んだりはしないが、かつて精霊達を苦しめた一族の血が流れていると思えば、やはりつらかった。

そんな私の気持ちが伝わってしまったのか、ヴィサ君が言う。

「リル。そんなに気にするなよ。リルはあいつらとは違う。お前は、無理に精霊達を働かせたりしないじゃないか」

「今まさに、ヴィサ君を無理やり飛ばせてるよ？　ベサミのところに連れていってって」

テイト伯爵というのは、何を隠そうベサミのことだ。

私は、紫の巻き毛を持つ、食えない美少年を頭に思い浮かべる。

「俺はいいんだよ。リルと契約したことを、後悔なんかしていない。リルを乗せて飛ぶだけなら、むしろ嬉しいぐらいだ。それがあの女の言う通りにするためじゃなけりゃ……」

「ヴィサ君。私はシリウスを助けたい。だから、できることはなんだってやりたいんだよ」

彼の頭の毛に顔を埋《うず》めながら、どうにかそれだけ言う。

するとヴィサ君は、もう何も言ってこなかった。

城からベサミの住むテイト伯爵邸は、そう離れてはいない。

瞬《また》く間に、その屋敷に辿《たど》りついてしまった。

時刻は深夜。

伯爵家は深い眠りの中にあった――


「で、僕のところに来たってわけ？」

私の目の前で、紫の巻き毛の美少年が不機嫌そうに足を組んで座っている。

彼はあきれたように、緊張で硬くなる私を見た。

「いきなりやってきて何かと思えば……」

ベサミはその華奢《きゃしゃ》な指で、苛立《いらだ》たしげに己の髪をかきまぜた。

伯爵家の窓から覗くと、運よく彼はまだ起きていた。

窓を叩いて、なんとか屋敷の中に入れてもらったのだ。

もちろんヴィサ君は小型省エネモードに戻っている。

ベサミは精霊と人とのハーフだから、属性は違ってもヴィサ君を見ることができるのだが。

ベサミの私室に入ると、私はパールから聞いた話や、そのほか諸々《もろもろ》の事情をぶちまけた。多分、混乱していたのだ。

そして私の話を聞いても、ベサミは涼しい顔をしたままだった。

しかし彼は時折忌《い》まわしげに、そのくせっ毛をかきまぜる。

国を害するというクェーサーの呪術《じゅじゅつ》に、彼も少なからず動揺しているのかもしれない。だって事実、無敵であるはずのシリウスが眠りについてしまったのだ。

今政務を一手に引き受けているベサミは、ただでさえ、余裕のない状態のはず。

「——まあ、君の話が真実かどうかはさて置いて、その方法がないわけではないよ」

目の下に隈《くま》を浮かべたベサミが、疲れた表情で呟《つぶや》いた。

「我《わ》が家に伝わる、個体の時を操《あやつ》る魔導。君の体の時を進めるのならば、殿下にかけているのと、まったく逆ベクトルで魔導を使えばいい」

「できるの？」

「かなり無茶をすることになるができなくはない。僕が今魔導をかけるのは、国を支えるために力を費やしているから難しい。でも、ほかの手段なら試せるものがある。しかし……」

「しかし？」

鋭《するど》い視線が、私を射抜く。

「いいのか？　一度時を進めれば、もう元には戻らない。それに、今取ることができるのは、うまくいくかどうかもわからない、賭《か》けのような方法だぞ？」

脅しに似たその物言いに、私はごくりと息を呑んだ。

けれど今さらそんな脅しを受けたって、気持ちは変わらない。

「いいよ。シリウスを助けるためだもの」

しばし、黙って見つめ合う。

お互いの目は真剣そのものだ。

やがてベサミが処置なしというように視線を外して、首を縦に振った。

「わかった。僕としても、シリウスに戻ってもらわなければ困る。できるだけ協力しよう」

そう言って立ち上がると、ベサミは物が詰めこまれた棚を漁りだす。

そしてあれでもないこれでもないと、どうも何かを探しているようだ。

待っている間、私は傍《かたわ》らに浮かぶヴィサ君の頭を撫《な》でていた。

私がちっとも言うことを聞かないので、彼は拗《す》ねているのだ。さっきからずっと、私に背を向けて丸くなっている。

「ああ、これだ」

ベサミが、ようやく目的のものを見つけたようだ。見ると、その手には怪しげなビンが握《にぎ》られていた。しっかりと蓋《ふた》がされたそのビンは、ほとんど黒い——だがかすかに紫色を帯びた、ワインのような液体で満たされている。

ビンを揺らすと、少し粘度のある液体なのか、その動きは鈍《にぶ》い。見た目だけでは、一体それがなんなのか想像もできなかった。

しかしその見た目よりも気になるのは、そのビンにまとわりつく魔法粒子《まほうりゅうし》だ。ベサミの手のひらにちょうど収まるほどのビンは、彼をまるごと覆《おお》ってしまうぐらいの魔法《まほう》粒子《りゅうし》に包まれていた。

時の魔法粒子《まほうりゅうし》というのは、日常的にそんなに見るものではない。時はどの場所でも差別なく流れるけれど、その魔法粒子《まほうりゅうし》は意外に希少なのだ。だから目にする機会はほとんどないと言ってもいい。あるとすればベサミの周りか、あるいは彼の術を受けている王子の周りぐらいだろうか。

「それは、なんですか？」

「ご所望の、体の時を進める薬だよ。ここには、王子に時の魔導をかけてきたことで生まれた〝矛盾〟が詰まっている。はじめに王子の体を君と出会う前に戻した分も含めてね。これを呑めば、君が望むように体の時を進めることができるだろう。しかし何か副作用が起こるかもしれないし、起こらないかもしれない。僕にその保証はできないよ」

ベサミは深刻な顔をして、コトリとそのビンをテーブルに置いた。

「王子にかけている魔導の、矛盾？」

「ああ、そうだ。はじめにかけた魔法の矛盾がかなり大きいだけでなく、王子の体の成長を押しとどめている矛盾は、年々増大している。僕はそれらを凝縮して、このビンに集めているんだ。これが王子に悪い影響を与えないようにね」

「どういうこと？　なら、私がその矛盾を呑んだら、王子はどうなるの？」

「殿下の体は年齢に合ったものへ成長するだろうね。この矛盾が世界から消えてなくなれば」

「え？」

それは、私にとっては願ってもない話だ。

私を救おうとして、体の時を止めることになってしまったシャナン殿下。

彼の体の時を進められるのなら、それだけでも私の体の時を進めることに価値があるだろう。

「本当に？」

「ああ。本当は僕も、ずっと探していたんだ。この溜まりに溜まった矛盾を、引き受けてくれる人間を」

「その液体を呑むことでこの世界から矛盾を消せることは、わかっていたんでしょう？　なら、今までどうしてそうしなかったの？」

「危険すぎるからだ。人間の時を止めて、それをほかの人間に転嫁するなんて、ペンタクルが複雑になりすぎる。時を遅らせるだけでも難しいのに、その矛盾を他人に用いるとなると……」

ベサミの顔には、かすかな迷いがあった。

いくら私が望んでいるとはいえ、本当にビンを渡すべきか悩んでいるのだろう。

私はその迷いを打ち払うように、一歩前に出た。

「そういうことなら、そのビンはもらっていく。危険は覚悟の上だから」

『リル！』

ヴィサ君の叫びにも、私は耳を貸さなかった。

「必ずシリウスを救って、王子も元に戻してみせるから」

ベサミはそっと、ためらいがちに私にそのビンを渡した。

「わかった。お前を信じる。しかしその前に一つだけ、昔話を聞いてほしい」

突然何を言い出すのだろうかと、私は戸惑う。

ベサミは椅子に座ると、重厚な執務机に肘をついて話しはじめた。

「時の精霊の怒りを買った、愚《おろ》かな女の話だ……」

夜のしじまに、ベサミの声がいやに響く。

＊❖＊

――強欲な女の話をしよう。

あるいは、罪深い女の話を。

女は幸せだった。

優しい夫と、可愛らしい息子がいた。

見目麗《みめうるわ》しく、貴族という恵まれた身分も持っていた。

なのに、自ら奈落《ならく》に落ちた。

ある日のこと、いつもと同じように出かけた夜会で、若い男に恋をしたのだ。

自分より十二も年下の、美青年だった。

騎士を務め、美しく凜々《りり》しい彼は、たちまち社交界の話題をさらった。

女は一目で恋に落ち、どうにか彼を我《わ》が物にできないかと考えた。

けれど、彼の近くには美しく若い令嬢達が群れている。

こんなに年上の自分では、勝ち目がない。

彼女はそう思った。

けれど幸か不幸か、女には魔導の心得があった。

それも、ほかの属性よりも珍しい、時の魔導だ。

女はその力を使って、どうにか若返ることはできないだろうかと考えた。

己の体の時を戻し、彼にふさわしくなりたいと。

それから女は、優しい夫とまだ甘えたい盛りの息子を放り出し、魔導の研究に没頭した。

女の家は時の魔導の大家《たいか》で、研究するための書物も設備も充分だった。

美しく結《ゆ》い上げていた髪を振り乱して、彼女は研究する。追い縋《すが》る息子に見向きもせず、少しは休んでくれと懇願する夫の言葉にも耳を貸さなかった。

そして短くはない時が過ぎ、女はその魔導を完成させた。

他人の時を奪い、我《わ》が物にする魔導だ。

女は年若い息子から、若さを奪おうと考えたのである。

そして、実行した。

眠りについた息子の部屋にペンタクルを描き、まずは彼がこれから迎えるであろう未来を奪った。

女の術は成功し、眠っていた息子の体は月日にして十ほども成長した。

女は喜びを噛《か》み締めながら、その息子から奪った未来を呑み干した。

ああこれで、あの人にふさわしい女になれる。

若くて美しい自分を取り戻すことができる。

彼女の胸は歓喜に震えた。

果たして――翌朝。息子が目覚めると、そこには急に成長した己の体と、そして冷たくなった老女の遺体が横たわっていた。

彼女は時の精霊の怒りを買ったのだ。

我欲で時を操《あやつ》ろうとした代償に、魔導が暴走した。そのせいで彼女は醜《みにく》く老いさらばえ、そして彼女の息子は奇妙に成長したまま、体の時を止めてしまった。

息子はそれから二百年も生き続けた。

老いのない体で、いつ自分が死ぬのかも知らないままで。

これは語り継がれることのない、王国のどこかで起こった話。

教訓など何もない、童話にもならない哀《あわ》れな女の話――

＊ ❖ ＊

ベサミから衝撃的な話を聞かされたあと、私は気づけば、ステイシー邸にある自分の部屋へと戻っていた。

ここしばらく寝起きしているシリウスの部屋ではなく、メリス侯爵家にある自室でもなく、ステイシーの家に。

久しぶりに帰宅した私の憔悴《しょうすい》した様子に、メイド達はひどく心配していた。だけど、大丈夫だからゲイルとミーシャには知らせないでほしいと言い置いて、私は部屋にこもる。

頭の中はひどく混乱していた。

自分が何をするのが正しいのか、そのはっきりとした答えは、まだ出ていない。

慣れたベッドに、背中から勢いよく倒れこんだ。

スプリングのないこの世界のベッドは、私を勢いよく跳ね返したりはしない。

ただ体を沈みこませて、深く深く受け入れるのみだ。

薄暗い部屋で、ヴィサ君とまりもが、心配そうに私を見下ろしている。まぁ、まりもの表情はわからないのだが。

『リル……やっぱり無茶だ。あんな女の話、信じるなよ。適当なでたらめかもしれないだろ？』

そう言いながらも、ヴィサ君の青い目は揺れていた。

果たしてパールが、わざわざあんな手のこんだ嘘を言う理由があるだろうか？

それに、嘘だとしたら、どこからが？

何が本当で何が嘘か、判断しかねる。

少なくとも、城の地下に未知の遺跡があったのは本当だ。

そしてパールは私の母の名前を知っていた。

侯爵家によって闇に葬《ほうむ》られたはずの、今やメリス家のファミリーツリーにしか存在しない、母の名前を。

『でたらめかどうかはわからんが、もし真実ならば精霊界にとっても変事だ。忌々《いまいま》しい精霊使いの始祖《しそ》をよみがえらせるなど、断じてあってはならない』

まりもが言う。まりもの姿で真面目な話をするなよ、と私は心のどこかで他人事《ひとごと》のように思う。

パールは――私がいたから、クェーサーはその方法を思いついたと言っていた。

アドラスティアをよみがえらせるには、強い魔力を持った黒髪の乙女が必要だから、と。

忌々《いまいま》しい。

――私は、髪は別に黒じゃなくてよかった。むしろ、ゲームキャラクターっぽい日本人じゃありえない色に憧れてすらいた。

魔力なんて持ってなくてよかった。

魔法粒子《まほうりゅうし》も見えなくてよかった。

高貴な血筋だっていらない。

身分もいらない。

イケメンのそばでなくてもいいから――ただ平凡に生まれたかった。

混乱がひどくなって、落ち着こうと思うのに感情が昂《たかぶ》ってしまう。

シリウスを救うことができ、同時に王子も救えるなら、それでいいじゃないか。

失敗したとしても、王子の止まった時のかわりに、私のこれからの時間を差し出すだけだ。

彼が私のためにしてくれたことを考えれば、その償《つぐな》いは軽すぎるぐらいだろう。

それなのに、ぽろりと涙がこぼれる。

だめだ。考えがまとまらない。

王子のことを考えるべきなのか、それともパールの言葉を疑うべきなのか、わからない。

私はシリウスを救いたい。パールいわく、時の魔導で体を大きくすることは、クェーサーのたくらみを阻止するためにも必要なことだ。呪《のろ》いを解く手段はまだわからないもののシリウスを救う一歩になるに違いない。

それで王子の時が戻せるのなら、万々歳だ。私だってそうしたい。

だけど怖い。

私も、ベサミの言っていた女のように、時の精霊の怒りを買って死ぬかもしれない。

可能性はゼロではないのだ。

むしろ、その可能性の方が高いのかもしれない。

人が時に干渉するということは、それほどに代償が大きい行為なのだ。

たとえば何かを温めるだとか、体を少し隠すだとか、そんな簡単な魔導とはわけが違う。

しかも、世界のことわりを捻《ね》じ曲げたことで生じた矛盾を利用しようというのだ。

リスクはあって当たり前。

それはわかっているし、理解もできる。

なのにどうして、私の体は震えているのだろう？

どうして、ベサミから預かったビンに触れることすら、恐れているのだろう？

いっそ、リシェールになんて生まれなければよかった。

そんな、今さらなことを考える。

そうすればこんな判断を下す日なんて来なかっただろう。

悪役としての運命に怯《おび》えることも、侯爵家で孤独に苛《さいな》まれることもなかった。

何も知らないまま生まれて、普通に生きて、死にたかった。

せめて前世の記憶なんて持たなかったら、何かが違っていただろうか？

思考は迷走する。

そうすることで、今考えるべきことを拒否しているのだ。

ベッドに仰向《あおむ》けになったまま、心配そうに私を見ているヴィサ君を見上げた。

わかっているのに。

リシェールじゃなければ、ヴィサ君とは出会えなかった。

シリウスとも王子ともミハイルとも。アランにもルシアンにもレヴィにも。ゲイルにだって、ミーシャにだってみんなみんな、会えていなかった。一応、ベサミにも。

ゲームの主要人物に名を連ねなければ、こんな思いをすることもなかったのだろう。

どこかで平凡に生まれて、農作業に費やす一生もあったのだろう。

でもそれじゃあ、今愛している人達には、出会うことができなかった。

私という存在を否定することは、私を愛してくれる人達の愛も否定するということだ。

わかっているけれど、無慈悲《むじひ》な運命に立ち向かうのがたまに嫌になるときもある。

私は結局、ドレスも脱がず、ベッドで丸くなって眠った。

泣き疲れて眠るまで、頭は混乱と悲しみに満たされていた。


――目が覚めても、私はベサミにもらった薬を呑む気にはなれなかった。

ベサミが話してくれたのは、おそらく彼の母親のことなのだろう。

ベサミは二百歳ほどの、時の精霊と人間のハーフだという。

精霊と人間のハーフとは、二種の間に生まれた子供という意味ではない。なんらかの事情で、精霊としての性質も人間としての性質も持つようになった者のことを指すのだ。

トステオで木の精霊と人間のハーフであるマーサに出会ったときも思ったが、この世界の精霊は残酷《ざんこく》なのだ。

ヴィサ君とまりもしか精霊を知らない私には、あまり想像のつかないことだが。

『リル、時の精霊ってやつは気まぐれで怒りっぽい。だから、そんなものを呑んだらどうなるかわからない。俺が絶対にお前を守るから、やめておけ』

ヴィサ君が、紫のビンを持つ私に言う。

その忠告も申し出も、ありがたい。しかし私はそのビンを手放すことができなかった。

パールは私に、ベサミの力を借りて時を進めろと言った。

それがクェーサーを阻止するなんの役に立つのかは、わからない。

ただ、パールの言葉はシリウスを救うための唯一《ゆいいつ》の手がかりなのだ。

ならば、今はそれに縋《すが》るしかない。

わかっているのに、ためらいが消えない。

――時の精霊は気まぐれだから、これを呑んだらその身に何が起こるかは、わからない。ほどよく体が成長するかもしれないし、行き過ぎて老婆《ろうば》になる可能性もある。でもお前がこの液体を呑み干せば、僕が施《ほどこ》した王子への時の魔導による矛盾は解消するだろう。

そう語ったベサミの表情は、完全なる無だった。

あれは故意に感情を消していたのだろうか？

結局私は、ベサミに何も答えることができなかった。

私はゆっくりとビンの蓋《ふた》を開ける。

まるで爆発したかのような勢いで、中から魔法粒子《まほうりゅうし》が溢《あふ》れてきた。

驚いて蓋《ふた》を閉めなおす。

見慣れた粒子《りゅうし》というものが、今は恐ろしく感じられた。

その紫の粒々は光に透《す》けて美しいのに、まるで毒のように暗い色だ。

私は意を決して、今度こそ勢いよく蓋《ふた》を開けた。

そしてそのビンに、急いで口をつける。

『リル！』

ヴィサ君は止めようとしたが、契約を交わしている私の意に逆らうことはできなかった。

思いきり目をつむり、私はその液体を呑み干す。

体中に時の魔法が流れこんでくるのがわかった。

「う……っ、くぅ！」

体が散《ち》り散《ぢ》りになりそうな痛みが、全身に走る。

高熱に浮かされたときのようにすべての感覚が遠ざかり、早く解放されたいと願う。

この苦しみから。

ベッドに倒れこみ、胸を掻きむしった。

苦しい、出したい、今すぐ楽になりたい！

『リル！　しっかりしろ！』

間近にいるはずのヴィサ君の声が、遠い。

『だめだ。こうなっては、時の魔導が落ち着くのを待つしかない』

まりもの、やけに冷静な声が聞こえた。

しかし本当は慌てているのか、その体は上下に揺れていた。なんだか、面白くなってしまう。

「ふふ……っぅ！」

少し笑っていたら、衝撃が来た。

体がはち切れそうな痛みだ。頭も割れるように痛い。

ガンガンとありもしない音が鳴り、目の前で星が瞬《またた》いているかのごとく眩《まぶ》しい。

あのときみたいだ。

熱に浮かされて、死にそうで――けれど、王子が助けてくれたあのとき。

今度は、私が彼を助けることができるのだろうか？

彼が犠牲にしたものを、私は返すことができるのだろうか？

ベッドの上で丸くなりながら、そんなことを考える。

騒ぎにしたくはないから、唇を噛《か》んで呻《うめ》き声を殺した。

『リル！　リル！』

私を心配して泣き叫ぶヴィサ君に、ゆっくりと手を伸ばす。

体中から時の魔法粒子《まほうりゅうし》が溢《あふ》れ出し、パチパチと火の粉のように立ち上っていた。

「だ、だいじょうぶ……私は大丈夫だよ」

そう言って、ヴィサ君の目尻から涙を拭《ぬぐ》う。

痛みがおさまったら、目ヤニを取ってあげるね。動物はすぐに目ヤニが溜まってしまうのだ。

『おい、手を出せ』

低い声でそう命令される。

ふと見れば、そこには透《す》けた人型のラーフラの姿があった。

『これは十年かけて花を咲かせる植物の種。これに時を流しこめ。少しはマシになる』

言われるがままに、私はその黒々とした数粒の種を握《にぎ》りしめた。体から溢《あふ》れ出た紫色のきらきらが、そちらへと流れていくのが見える。

種はどれも瞬《またた》く間に発芽し、緑の双葉が揺れながら早回しのように成長していった。

それによって、少しだけ息が楽になる。

「あ、ありがと……ラーフラ」

霞《かす》む視界の中でお礼を言えば、彼はしかつめらしい顔をした。

『まだお前の観察は終わっていない。たやすく死ぬな』

そう言われてもね。

そんな言葉を口の中で呑みこむ。

わかっているんだ。

こんなに心配してくれる人達がいるのだから、簡単に自分を犠牲にしちゃいけないって。

死ぬかもしれないと思うと、脳裏に思い浮かぶ人達がいた。

ゲイル。

ミーシャ。

シリウス。

それに――ミハイル。

彼に、もう一度会いたいと思った。

なぜだろう。ミハイルがこの場にいないことが、心細く感じられた。

今の状態を見られたら、なんて無茶をするんだ、とミハイルは怒る。

その様子を想像すると、なんだか無性におかしくなった。

もし無事に済んだら、ミハイルの顔が見たい。

そんなことを考えているうちに、私の意識は暗く閉ざされてしまった。

＊❖＊

それは、ベサミが王子に付き添ってカノープスとの会談をしている最中だった。

今の国の運営は、実質、ベサミとカノープスの二人の肩にかかっている。

騎士団に入団して近衛《このえ》隊長にまでなったというのに、最近のカノープスは机に向かってばかりなので、少し不憫《ふびん》だ。

「貴族に適用する法律の起草はどうなっている」

王子は厳しい声でカノープスに尋ねた。

「現在学者も交えて協議の最中です。年内にはまとまるかと」

「遅い！　少なくとも来年の頭に公布すると言ったはずだ。急がせろ」

「御意《ぎょい》」

王子も、ただ手をこまねいているだけでは決してない。

病床《びょうしょう》に臥《ふ》せた父王にかわり、必死にこの国を背負おうとしている。

その努力がわかるから、ベサミとカノープスは彼に従っているのだ。
「うっ……」
そのときだった。
王子が突然、胸を押さえて倒れこんだ。
ベサミが彼に駆《か》け寄る。
王子は苦しそうに息を吐き、ベサミがその背をゆっくりとさすった。
王子の周囲を、時の魔法粒子《まほうりゅうし》が取り巻きはじめている。
(まさか……本当に?)
ベサミは驚きを隠せなかった。
あの娘――リルが、本当にあの液体を呑むとは思っていなかったからだ。
なにせベサミは、母親の話まで持ち出して、脅かしたのである。
今日にでも、結局は呑めなかったとビンを返しにくるだろうと思っていた。
甘かった。
ベサミはリルという少女の覚悟を、甘く見ていた。
これで、王子の体は正しい時を刻みはじめるだろう。
そう思うのに、なぜか気持ちが晴れない。

あの少女は無事だろうか、とどうしてもそちらに考えがいってしまう。

しかし、だからといってどうすることもできない。

ベサミにできることはただ一つ、王子のそばで彼の無事を見守ることだけだ。

彼は慎重に、王子を取り巻く時の粒子《りゅうし》を制御した。

万が一にも、暴走して王子に危害を加えることなどないように。

「時の魔法粒子《まほうりゅうし》……？　ベサミ。お前、何かしたのか？」

変に勘のいいカノープスが、怪訝《けげん》そうな顔で尋ねてくる。

彼はシリウスの次に厄介な男だ。

ベサミはどう説明するか悩み、しかし一瞬で心を決めた。

「カノープスは、あの娘のところに行ってくれ」

「あの娘？」

「リルとかいうあの小娘が、王子の時の矛盾を処理したんだ。こちらよりも、あちらの方が危険な状態だろう」

すると、カノープスの顔色が変わった。ほんのかすかにではあるが。

「彼女にあのビンを渡したのか？」

「本人が欲しがったんだ。僕はきちんと危険性があることを説明したよ」

「なんてことをっ」

カノープスが部屋を飛び出していく。

場違いにも、ベサミは少し笑いたくなった。

あの鉄仮面が動揺するところなど、はじめて見た。

それを引き出したのが彼女なのだとしたら、彼女は自分が思う以上に、この国にとって必要な存在なのかもしれない。

そんなことを考えつつ、ベサミは王子を取り囲む魔法粒子《まほうりゅうし》を安定させることに努めた。

どれほどの時が経っただろうか。

ベサミの目の前で、幼かった王子は美しい少年へと成長を遂《と》げた。

まるでそれはおとぎ話のような、物語じみた光景だった。

ここ数年、彼のために労力を惜しまなかったベサミの胸に、熱いものがこみ上げる。

はじめはシリウスに命じられて、いやいやしていたお守《も》り役だった。それも、王子の人となりを知って、真実の主従関係へと変わった。

ベサミにとってシャナン王子は、二百年の人生ではじめて得た主君だったのだ。

少年はゆっくりと、長い睫毛《まつげ》に縁《ふち》どられた目を開ける。

「シャナン殿下、ご無事ですか？」

彼は、驚いたように瞬《まばた》きを繰り返した。

「私は……？」

「殿下……」

ベサミが、万感《ばんかん》のこもったため息を漏《も》らす。

透《す》き通る青緑色の瞳、魔導の後遺症か長く伸びた淡い金髪。

彼の視線は、しばらく何かを探し求めるかのように彷徨《さまよ》っていた。

「殿下。何かお気にかかることでも？」

「お前は……ベサミ？　そうだ、リシェール！　リシェールはどうした!?」

王子は慌てて起き上がろうとして、バランスを崩し、再び倒れこむ。

正しい時の流れを取り戻したばかりの体は、その体を維持するだけのエネルギーに欠けていた。

ベサミは慌てて王子の体を支える。

「とにかく、今は休養を……」

「リシェールは、リルはどこだ!?　彼女は助かったのか!?」

王子は、記憶が混乱しているらしかった。

おそらく、四年前に彼女へ禁術を行《おこな》ったときと、記憶も時間感覚もまざってしまっているのだろう。

彼はその場にいない少女を探し求める。

仕方ないと、ベサミは嘘をついた。

「その少女でしたら、すでに保護されて休んでおります。殿下もどうかお休みくださいますよう」

ベサミの言葉に、王子は戸惑いながらも、一定の理解を示す。

「よかった。助かったんだな、リル……」

そう言って、シャナンは眠りについた。

その寝顔を見つめながら、これからが大変だとベサミは小さく顔をしかめたのだった。

＊ ✣ ＊

私が目を覚ますと、枕元には枯れ落ちた花が散っていた。

一瞬、自分がどこにいるのかわからず、戸惑う。

体を起こすと、まるで全身がばらばらになったような激痛が襲った。

呻《うめ》き声を上げながら小さくなって体を丸めて、痛みをやりすごす。

『リル！　起きたんだな』

大きな毛玉と小さな毛玉が、私に飛びついてきた。

大きい方がヴィサ君で、小さい方がラーフラだ。

私はゆっくりと、そのふさふさ達を抱きしめた。

そしてそれらを囲う自分の腕が、さっきまでよりも長いことに気がつく。

ベッドの上には、長く散らばる黒い髪。

まるで平安時代の女性のように、常軌《じょうき》を逸《いっ》した長さだ。

鏡を見るのが、怖い。

この体は、一体どんな変貌《へんぼう》を遂《と》げたのだろうか？

「ね……ゴホッ、ゴホッ」

急激な成長によって、声帯にも無理が生じているらしい。

口の中にガチガチという感触がする。何かと思って吐き出してみると、たくさんの乳歯だった。

気を失っている間に、すべて生え変わったということか。

たくさんの抜けた歯を見て、そのあまりの不自然さにぞっとする。

手足は、みすぼらしく痩《や》せ細っていた。

悲しそうな顔で、ヴィサ君が私の手の甲を舐《な》めている。

『リルゥ……』

そんな彼に、せめて笑顔を返した。

それが本当に笑顔になっているのかは、私にはわからなかったけれど。

でも、これが私の望んだことだ。

せめて命が助かったことを、喜ぶべきだろう。

少なくとも、これで王子は助かったはずだから。

「だいじょうぶ……なんとか、生きてる」

声はガサガサに掠《かす》れていたが、出ないということはなさそうだ。

ほかに体に不備がないか、おそるおそる点検する。

まとっていたドレスはサイズの変化に耐えきれず、破れていた。

せっかくアランが用意してくれたドレスだったのに。

私は少し悲しくなった。

四苦八苦《しくはっく》しつつそのドレスの残骸《ざんがい》を脱ぎ去り、かわりにシーツを体に巻きつける。

視線を彷徨《さまよ》わせれば、緑のまりもは枯れ落ちた花の周りでふよふよと浮いていた。

『これほどとは……』

それは、気を失う寸前に受け取った種のなれの果て。

ラーフラいわく、それは十年かけて花を咲かす植物だ。

それがいくつも枯れ落ちているということは、少なくとも数十年分以上の歳月の矛盾を、種が吸い取ってくれたのだろう。

彼の咄嗟《とっさ》の機転に、私は心から感謝した。

私はゆっくりと時間をかけて、ベッドから下りる。

『まだ無理はするなよ』

ヴィサ君はそう言うが、私は一刻も早くパールに会って、この先何をなさねばいけないのかを確かめたかった。

私の目的は、クェーサーの野望を砕《くだ》いてシリウスを救うことだ。

パールは言っていた。

クェーサーが王都を使って巨大なペンタクルを描いていると。

だとしたら、おそらく事態は一刻の猶予《ゆうよ》もない。

だから、鏡を見るのが恐ろしいなんて、言ってる場合じゃないんだ！

たとえしわくしゃの老婆《ろうば》になり果てていようとも、やるべきことは変わらない。

勢いをつけて、私は鏡の前に飛び出した。

そこにいたのは、ひどく痩《や》せこけた二十歳くらいの女だった。

顔には隈《くま》が浮き、病《や》みあがりのようにやつれている。

しかし、老婆《ろうば》になるほど体の時が進んだわけではないようだ。

その姿に、私はほっと安堵《あんど》のため息を漏《も》らした。

思わず、足元に崩れ落ちる。

自分をどんなに鼓舞《こぶ》したところで、突然姿が変わるというのは、やはり怖かった。

特に、それがどんな姿になるのかもわからないとなれば。

しばらくぼんやりしていると、後ろから誰かに抱きしめられた。

鏡を見ると、私の後ろにいるのは、まだ見慣れない人型のヴィサ君だ。

驚いて、私は瞬《まばた》きを繰り返した。

「え、自由にその姿になれるの？」

「あ、ああ。あの井戸の中に入ってから、どうも魔力が安定しない。感情が昂《たかぶ》るとこうなっちまうんだ」

ヴィサ君は照れたように笑った。

青い猫目はそのままで、髪や眉は汚れのない白銀。そしてその頭には、はじめに見たときにはなかった白い耳がぴこぴこと動いている。

な……撫《な》でたい！

私はその衝動を必死でこらえた。

肌は小麦色に焼けており、左右の頬には、それぞれ風のペンタクルが浮き出ていた。

上半身はほぼ裸にベスト姿なので、目に毒である。下はまるでアラビアンナイトに出てくるキャラクターが穿《は》くような、精緻《せいち》な刺繍《ししゅう》の施《ほどこ》された白いだぼだぼのズボンを穿《は》いてはいるが。

彼はゆっくりと優しく、まるで壊れ物を扱うみたいに、私の手を取る。

以前より長くなった私の指は、筋張《すじば》って枯れ枝のようだった。

そこに触れたヴィサ君の手は、しっかりとして温かい。

がっしりとした男性の手だ。

「なあ、リル。やっぱり無理しすぎじゃないか？　あの女の言うことが本当かどうかも、まだわからないんだぞ？　それに、俺はもうこれ以上、お前が苦しむ姿を見たくない……」

彼の目には、必死さがにじんでいた。

彼につらい思いをさせたのが申し訳なくもあり、心配してもらって嬉しいと思う気持ちもある。

でもだからといって、その言葉に流されたりはできないのだった。

だって私は、もう決心してしまったのだから。

「もしパールの言うことが嘘でも……最悪、彼女がクェーサーの仲間だったとしても、今日したことを、私は後悔しないよ」

「どういうことだ？」

私の言葉に、ヴィサ君は信じられないという顔をした。

私の手を、彼が強く握《にぎ》りしめる。

「だって、たとえ間違ったことを教えられたとしても、今のところシリウスを助ける方法の手がかりはそれしかないでしょ。もちろん呪術《じゅじゅつ》をかけられているのがヴィサ君でも、私は同じことをしたよ」

「リル……だからって」

ヴィサ君の表情は複雑そうだった。

精霊だったときよりも、今の方がその表情は読みやすい。

けれど、なぜだろう。苦労に歪《ゆが》む彼の顔は、まるで知らない男の人に見えた。

「なあ、リル。もう何もかも投げ出して、精霊界に行かないか？　お前はもう充分苦しんだ。これ以上、誰かのために苦しむ必要なんてないだろ？」

「ヴィサ君……」

その青い目は、真剣だった。

精霊と、人。

ヴィサ君が種族すら違う私のためにそこまで考えてくれるなんて、嬉しかった。

そして改めて、思い出す。

いつ、どんなつらいときにも、ヴィサ君だけはそばにいてくれたのだということを。

「ありがとう。ヴィサ君」

「リル、じゃあ！」

ヴィサ君が私の両肩を強く掴んだ。

その顔には喜色が浮かんでいる。

でも私は、俯《うつむ》いて首を横に振った。

「そんな風に言ってもらえて、すごく嬉しい。でも、そんなことできないよ。二人で精霊界に行ったとしても、きっと悩む。あのときできたことがあったんじゃないかって、一生苦しみ続けるよ。だったら私は、悔いがないように生きて、死にたい」

私が言葉を紡ぐほどに、ヴィサ君の表情は暗くなっていった。

彼のふさふさとした白い耳も、今は悲しげに伏せられている。

しかし彼は、気を取り直すように顔を上げた。

「リルなら、そう言うと思ってたよ。今の言葉は忘れてくれ」
どこかぎこちない笑みを浮かべて、ヴィサ君は私から離れて立ち上がる。
彼の手を借りて、私も立ち上がった。
まるで生まれたての小鹿のようで、頼りない体。
床にまで届く長い黒髪。父に似た青灰の目。
見覚えがあるのに、まるで見知らぬ女だ。
この姿で、一体これから何ができるのだろう？
不安に思わないかと言ったら、嘘になる。
それでも私は、鏡の中の自分を睨《にら》みつけた。
鏡の中の女が、鋭《するど》く私を睨《にら》み返す。
ここまで来たら、もう後戻りはできない。
絶対にシリウスを助け出すんだと、私は自分自身に誓いを立てた。

書き下ろし番外編

私の結婚

「ヘリテナ伯爵⁉　お前がかッ」

その事実を知ったとき、咄嗟《とっさ》に反応できたのはゲイルだけだった。

城に招き入れられた私達は、最初に伯爵相手に商談をしたのと同じ部屋に通された。

そしてそこで待っていたのは、にこにこしたヘリテナ伯爵と、仏頂面のスヴェンだった。

そこで私達はヘリテナ伯爵から、実はスヴェンは息子であるという真実を聞かされたのである。

貴族が平民との間に作った子供なんて境遇、どこかで聞いたような話だ。

「それで、私はスヴェンに伯爵家を任せて、隠居《いんきょ》しようと思う。しかし、息子は社交界に関して知らないことが多い。そこで、君達に助力願えないかと思ってね」

昨日まで娘だと信じていたリルカにご機嫌伺いをしたのとはまた違う顔で、伯爵は私達に向けて言った。

しかし……君達、？

ミハイルはわかるが、なぜただの商人だと思っているはずのゲイルにまでそれを言うのだろう。

そう思っていたら、伯爵と目が合った。

「もちろん君にも。王子の学友のルイ・ステイシー君」

伯爵は悪戯《いたずら》っぽくウインクしてきた。

私達は驚きで言葉を忘れる。

「スヴェン」

彼が話したと思ったんだろう。ゲイルは叫んだが、スヴェンは首を横に振った。

「君も人が悪いね、ゲイル・ステイシー君。いくら私がひきこもり伯爵でも、騎士団でミハイル君の下についている君の名前ぐらい、知っているよ」

伯爵の人のよさそうな笑顔が、今は不気味に映る。

いつからお見通しだったんだろうか、この人は。

「こんな国の端っこに暮らしていてもね、耳を澄ませていれば色々聞こえてくることもあるのさ」

伯爵は意味ありげにそう言うと、にこりと笑った。

これは――脅しか。

伯爵は、ゲイルが身分を偽《いつわ》ってトステオに入ったことを咎《とが》めないかわりに、社交界でスヴェンの味方をしろと言っているのだ。

ゲイルも騎士団の任務だとは言えないから、今はそれを呑むしかない。

むしろ、それだけの条件で済んで幸運だと考えるべきか。

「俺に任せるというのなら、あまり余計なことは言うな」

スヴェンは、今まで伯爵に使っていたうやうやしい態度をかなぐり捨てて言い放った。

その様子はまさに、反抗期真っ只中の男子中学生そのものだ。

そんな不謹慎なことを考えていたら、スヴェンがため息を一つ。

「とにかく、そう言うわけだ。これからは迷惑をかけることもあると思うが、よろしく頼む」

スヴェンは頭を掻きながらそう言った。

街に戻ってきたらまさか、商人が貴族になっているとは。

人生何が起こるかわからない。

「窮屈《きゅうくつ》な貴族社会に、お前みたいなのが一人いれば面白そうだ」

ミハイルは苦笑いをこぼし、手を差し出した。

すっかり調子を取り戻したミハイルと握手を交わしたスヴェンは、やったなというように私にウインクをくれた。

あ、今の顔、さっきの伯爵にすごく似てた。

やっぱり間違いなく血はつながっているらしい。

「お前もよろしく頼むぜ。王子の四肢なんて、将来出世確実だからな」

「ああ、なかなかなれるものじゃない。君が本当に女の子なら、すぐにでもスヴェンと婚約してもらうんだが……」

「伯爵！」

伯爵の冗談にゲイルが身を乗り出す。

どうやら、伯爵とスヴェンは私をルイ・ステイシーが女装しているのだと思っているらしい。

まあ、対外的にはゲイルの養子はルイということになっているんだから仕方ないか。

それにしても、婚約……？

その単語が私の胸に引っかかる。

あ、そう言えばそれを言いに、私はこの街に来たんだっけ。

「ねえ、ゲイル」

婚約発言に肩をいからしていたゲイルが、私に視線を向ける。

これを言うためだけなのに、なんだか随分と時間がかかってしまったなぁ。

「私、アラン・メリスと婚約しようと思うんだけど……」

そう言った瞬間、ゲイルがアメリカンコメディのように気を失って倒れた。


「さあて」

スヴェンとミハイルは二人がかりでゲイルを布張りのカウチに横たえると、そろって私を見た。

「どういうことか、説明してもらうぞ」

二人の、目が笑っていない笑顔を見て、あれ、もしかしなくても私、話すタイミング間違えた？　と、背中が冷たくなったのだった。

ヴィサ君は空中でへそを曲げている。

私の婚約宣言がお気に召さないらしい。

とりあえずゲイルが目覚める前に、私は王都であった先日までの出来事を彼らに説明した。

王都とトステオは遠く離れているので、伯爵もまだ例のメリス侯爵家での事件については何も知らなかった。

「――王都でそんなことが」

私が主犯であるジーク・リア・メリスの娘であることは伏せ、大まかな事の成り行きを説明する。

私がメリス家の人間であることを知るミハイルは複雑な顔だが、ほかの二人が食いついたのは王子の宣言の方だった。

「王子がそこまでの強硬策に出るということは、やはり王の容態が思わしくないという噂《うわさ》は、本当なのかもしれないな」

顎《あご》を撫《な》でながらスヴェンが呟《つぶや》いた。

強硬策というのは例の、貴族に対して制定される新しい法律のことだ。

今までどんな王もなしえなかったその規制に、王子は着手すると宣言してしまった。

当然、王子への風当たりは強くなるだろう。今も、彼が王都でどんな境遇にあるかと思えば胸が痛んだ。女だとばれ、王子の四肢に戻れないと思えば尚更。

「しかし、体が丈夫ではないと聞いていたが、シャナン殿下はなかなかの人物らしいな。これは面白いことになりそうだ」

ヘリテナ伯爵は頬を緩めた。それに対して息子のスヴェンは仏頂面だ。

「あんた、他人事《ひとごと》だと思って」

「もう私は隠居《いんきょ》を決めたからね。これからのことは若者達に一任するよ」

この二人、なんだかんだで相性がいいみたいだ。

最弱とはいえ辺境伯。

伯爵との面識が得られたことは、私にとっても大きな収穫になったと思う。

「それで、そこからどうしてアラン・メリスと婚約という話になる。取り潰しは免《まぬか》れたとはいえ、そんな事件を起こしたあとではメリス家の没落は目に見えているだろう」

ミハイルは苦々しい口調で言った。

本当は、あれほどひどい仕打ちを受けたメリス家と、どうして関わろうとするんだと言いたいのだろう。彼の鋭《するど》い視線が私に突き刺さる。

そして、没落というその言葉も。

「だから、だよ」

私はまっすぐに、ミハイルの金色の目を見返した。

「これから、メリス家は大変なことになる。実際、もう大変なんだ。だからそこに一人残されたアランを、放ってはおけない」

「お前達、学友の中でも特に仲が悪かっただろう。なのにどうしてそういう考えになるんだ。お人よしが」

確かにそうだ。

でも、あの心細そうな顔をしたアランを、放ってはおけないという気持ちは本当だった。

こんな同情めいた感情で、婚約なんてするべきではないのかもしれないが。

「婚約するとしても、結婚するとは限らないでしょ。本当にアランを幸せにできる人が現れたら、婚約は解消するつもりだよ」

私はできるだけ落ち着いて、自分の考えを口にした。

「でもそれまでは、婚約者でいるつもり。よく考えたけれど、色々な面でお互いにメリットのある婚約になると思うんだ」

私の言葉に返事はなく、その場には沈黙が落ちた。

ミハイルは苦虫を噛《か》みつぶしたような顔で、身動《みじろ》ぎ一つしない。

私は息を詰めて、審判のときを待った。

そのときふと、視界の隅で何かが動いた。

「わかった」

そう言ったのは、ミハイルではなく体を起こしたゲイルだった。

いつから目覚めていたのか、カウチに腰かけたゲイルが、真剣な目でこちらを見ている。

「リルがそう決めたんなら、俺は反対しない」

「ゲイル！」

何を馬鹿なという風に、ミハイルが叫んだ。

しかしゲイルは冷静だ。

「ミハイル。これは我《わ》が家の問題だ。俺は、リルには自分の思うように生きてほしい。たとえそれが失敗だったとしても、それはリルの人生だ。俺達の口出しできることじゃない」

「それは、そうだが……」

ミハイルが弱々しく言った。

正直、私にもゲイルの反応は意外だった。

しかし彼の思いやりが、私には嬉しかった。

何より、王都を出る前に同じことを相談した私に、ミーシャも同じ答えをくれたという事実が、私の胸を熱くしていた。

ああ本当に、この二人の娘になれて、私は幸せだ。

「はっはっはっは！」

気まずい空気を吹き飛ばすように、部屋の中に明るい笑い声が響いた。

笑っているのは伯爵だ。

彼はその柔和な顔を破顔させ、手を叩いて笑っていた。

「これは傑作だ。かの〝戦術の天才〟と呼ばれたミハイル・ノッドが、一人の少女に翻弄されるとは」

伯爵は笑い続ける。

うーむ、意外に笑い上戸なのか。

「とても愉快だ。それだけに惜しいな。やっぱりうちの嫁に来ないかね？　お嬢さん」

ふむ。今年に入って二件目の嫁入り候補だ。

今年はどうもモテ期らしい。

「スヴェン様は私にはもったいないお方ですわ」

そう言って、私はスカートを摘《つ》まんで腰を折った。

さすがの私も、年の差二十歳以上は厳しい。

「おい、俺を勝手に振るな！　あんたも勝手に申し込むな！」

呆気にとられていたスヴェンが、大声でツッコミを入れる。

不謹慎だが、ちょっと可愛い。

「……結婚は、しないんだな？」

いつの間にかそばに来ていたミハイルが、私の両肩に手を置いて至近距離で確認してくる。

その顔はどこか苦しそうだ。なぜだろうか。

「うん。アランには、私なんかよりもっといい人がいるよ。その人が現れるまでは、しょうがないから私が支えてあげなくちゃ」

なんせ、数少ない血縁だもの。

そう、ミハイルにだけ聞こえるように呟《つぶや》いた。

アランと私では、結婚してもおそらくは同じ痛みを抱《かか》える者同士の傷の舐《な》め合いにしかならない。

それではダメなのだ。

彼には幸せになってほしい。

ジークも、それを望んでいた。

『それでも、俺はやっぱりヤダ』

ふてくされながら、ヴィサ君が呟《つぶや》く。

『うん。ごめんね』

ご機嫌取りに、あとでいっぱい首をゴロゴロさせてあげよう。

RC
Regina COMICS
大好評発売中!!
異世界でカフェを開店しました。
1~9
原作
甘沢林檎
Ringo Amasawa
漫画
野口芽衣
Mei Noguchi
アルファポリスWebサイトにて
好評連載中!
異世界でカフェを開店しました。9
バカンスでLet'sクッキング!
初めての旅行先で海の家をオープン!?
異世界クッキングファンタジー
待望のコミカライズ!
突然、ごはんのマズ～い異世界にトリップしてしまった理沙。もう耐えられない! と食文化を発展させるべく、カフェを開店。噂はたちまち広まり、カフェは大評判に。精霊のバジルちゃんや素敵な人達に囲まれて異世界ライフを満喫します!
B6判・各定価:748円(10%税込)
シリーズ累計116万部突破!
(電子含む)
アルファポリス 漫画
検索

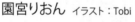

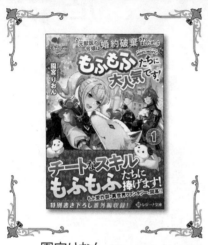

アルファポリス
Webサイトにて
好評連載中！
Regina
COMICS
原作 園宮りおん
漫画 上原 誠
元獣医の令嬢は
婚約破棄されましたが、
もふもふたちに
大人気です！
1
元獣医の動物オタク転生ファンタジー
待望のコミカライズ！
公爵令嬢・ルナに転生した獣医の詩織《しおり》。王太子と結婚するはずが、ある日突然、婚約破棄・国外追放されてしまう！　だけど見たこともない動物のいる世界で彼らに会うことをずっと夢見ていたルナは、もふもふに出会う旅に出られるとウキウキ！そして訪れた獣人の国で、動物を犠牲に私腹を肥やす悪党がいることを知ったルナ。「もふもふを傷つける奴は許さない！」とチートスキルをフル活用して事件解決に動き出し――？
大好評発売中！
＊B6判 ＊定価：748円（10%税込） ＊ISBN978-4-434-28677-3
アルファポリス 漫画
検索

Regina COMICS
悪役令嬢の役割は終えました
{原作}月椿
tsuki tsubaki
{漫画}甲羅まる
koura maru
異色の悪役令嬢ファンタジー
待望のコミカライズ！
悪役令嬢の役割は終えました
1
嫌われ役は本日限りとさせていただきます。
神様に妹の命を救ってもらう代わりに、悪役令嬢として異世界に転生したレフィーナ。嫌われ役を見事に演じ、ヒロインと王太子を結び付けた後は、貴族をやめてお城の侍女として働くことに。どんなことも一度見ただけでマスターできる転生チートで、お気楽自由なセカンドライフを満喫していたら、やがて周囲の評価もどんどん変わってきて――？
アルファポリス 漫画 検索
B6判／定価：748円（10%税込）
ISBN:978-4-434-28413-7

RC
Regina COMICS
令嬢はまったりをご所望。
1~2
原作 三月べに
漫画 梶山ミカ
アルファポリスWebサイトにて
好評連載中!
もふもふファンタジー
待望のコミカライズ!
過労により命を落とし、とある小説の世界に悪役令嬢として転生してしまったローニャ。彼女は自分が婚約破棄され、表舞台から追放される運命にあることを知っている。
だけど、今世でこそ、平和にゆっくり過ごしたい!
そう願ったローニャは、小説通り追放されたあと、ロトと呼ばれるちび妖精達の力を借りて田舎街に喫茶店をオープン。すると個性的な獣人達が次々やってきて――?
B6判・各定価:748円(10%税込)
大好評発売中!
アルファポリス 漫画
検索
令嬢はまったりをご所望。
2
三月べに
梶山ミカ
悪役令嬢
カフェ
妖精ともふもふ獣人達に
囲まれて幸せ満喫中!?

RC Regina COMICS
最後にひとつだけお願いしてもよろしいでしょうか
1~3
原作 鳳ナナ
漫画 ほおのきソラ
シリーズ累計28万部（電子含む）
待望のコミカライズ！
舞踏会の最中に、第二王子カイルから、いきなり婚約破棄を告げられたスカーレット。さらには、あらぬ罪を着せられて“悪役令嬢”呼ばわりされ、大勢の貴族達から糾弾される羽目に。今までずっと我慢してきたけれど、おバカなカイルに付き合うのは、もう限界！　アタマに来たスカーレットは、あるお願いを口にする。――『最後に、貴方達をブッ飛ばしてもよろしいですか？』
アルファポリスWebサイトにて
好評連載中！
大好評発売中！
アルファポリス 漫画　検索
B6判／各定価：748円（10%税込）

本書は、2016年6月当社より単行本として刊行されたものに書き下ろしを加えて文庫化したものです。


この作品に対する皆様のご意見・ご感想をお待ちしております。

おハガキ・お手紙は以下の宛先にお送りください。

【宛先】

〒150-6008 東京都渋谷区恵比寿4-20-3 恵比寿ｶﾞｰﾃﾞﾝﾌﾟﾚｲｽﾀﾜｰ 8F
（株）アルファポリス　書籍感想係

メールフォームでのご意見・ご感想は右のQRコードから、
あるいは以下のワードで検索をかけてください。

アルファポリス　書籍の感想　検索

ご感想はこちらから

レジーナ文庫

乙女《おとめ》ゲームの悪役《あくやく》なんてどこかで聞《き》いた話《はなし》ですが4

柏《かしわ》てん

2021年4月20日初版発行

文庫編集－斧木悠子・篠木歩
編集長－塙綾子
発行者－梶本雄介
発行所－株式会社アルファポリス
〒150-6008 東京都渋谷区恵比寿4-20-3 恵比寿ｶﾞｰﾃﾞﾝﾌﾟﾚｲｽﾀﾜｰ8階
TEL 03-6277-1601（営業）　03-6277-1602（編集）
URL https://www.alphapolis.co.jp/
発売元－株式会社星雲社（共同出版社・流通責任出版社）
〒112-0005 東京都文京区水道1-3-30
TEL 03-3868-3275
装丁・本文イラスト－まろ
装丁デザイン－ansyyqdesign
印刷－中央精版印刷株式会社

価格はカバーに表示されてあります。

落丁乱丁の場合はアルファポリスまでご連絡ください。

送料は小社負担でお取り替えします。


ISBN978-4-434-28769-5 C0193